ヌチガフウホテル

大城貞俊

インパクト出版会

目次

ヌチガフウホテル

第一章　君枝の戦争

1

「それは……、本当ですか？」

「ええ、本当です。犬が、見つけたんです」

「その遺体をですか？」

「ええ、そうです。野犬が、ほじくり返したんです」

君枝と光ちゃんは顔を見合わせる。互いに想像した遺体に顔をしかめて目を背ける。次の言葉が出てこない。

「もっとも、犬は遺体の顔の部分が現れて食いちぎったところで、掘るのをやめたようですが……」

若い刑事は、穏やかな笑みを浮かべながら、君枝と光ちゃんの質問に答え続ける。しかし、話している内容は、さらに顔をしかめたくなるようなことだ。その内容の深刻さからか、いつの間にか質問をする方が逆転している。

君枝は、若い刑事の笑みを見て、この場に不釣り合いな笑みだと思うが黙っている。緊張したときこそ、穏やかな笑みを浮かべる人もいると聞いたことがある。そう思って自分を慰める。

礼儀正しく律儀な様子の若い刑事の傍らに、もう一人、中年の刑事が立っている。身体が大きく、太っていて、着ている服が窮屈そうだ。ただ黙って、君枝たちのいる部屋に鋭い視線を送っている。

「このすぐ裏の畑です。死後、一か月ほど経過しているようですが、身元はまだ分かりません。それで、是非ご協力をお願いしたいのです。身元が判明すれば生前の写真も見せられるのですが……。もう腐乱が始まっていて、顔はどうも……。四十代前後の男性かと思われますが、何か心当たりは、ありませんか」

「いいえ、特に、何も変わったことはなかったですよ」

君枝が返事をする。

光ちゃんも、ほぼ同時に君枝の背後で首を縦に振ってうなずく。

「一か月ほど前のことです。不審な物音を聞いたとか……、不審なカップルが部屋を利用したとか……。そんなことはありませんでしたか?」

君枝は、しつこい刑事の尋問に、嫌気がさしたが、同時に事件への興味も沸いてきた。さらに、どうして刑事はここを訪ねてきたのか知りたくなった。光ちゃんも、君枝の背後で盛んに首を縦に振ったり横に振ったり、ぶつぶつとつぶやいたりしている。

しかし、考えてみると、だれだって、ここに一番に来るはずだ。君枝だってそうすると思う。ここは遺体が発見された現場から最も近いラブホテルだ。わずか五〇メートルほどしか離れていない。ここで殺人が行われたのではないかと疑われるのは当然だ。ホテルの各部屋は密室になるし、殺した後に夜陰に紛れて、遺体を裏の畑地に埋めることは十分に考えられる。

「一か月ほど前ねえ……」

君枝は、質問をするのをやめて、何とか刑事に手掛かりになるような答えを探そうとする。が、やはり変わったことはなかったように思う。振り返って光ちゃんを見る。光ちゃんも首を横に振る。

「この辺りは、野犬が多いのですか?」

若い刑事が二人に尋ねる。光ちゃんが背後から背伸びをするようにして先に答える。

「そう言えば、時々見かけるような気もするけれど……」

「野犬を見つけたら、市役所に電話をして、捕獲をお願いしているのですよ。それほど多くはないと思いますけどね……」

刑事の質問に、光ちゃんと君枝が交互に答える。

ラブホテルの周辺に人家はない。背の高い灌木が茂っているだけだ。灌木は、周りからの視線を遮る役割を果たしている。その中心に君枝たちが働いている平屋建ての「ヌチガフウホテル」がある。

「ヌチガフウ」とはウチナー口（グチ）で、ヌチ（命）のカフウ（果報）で、命の幸せ、生きる喜びとでも言えようか。先代の付けた名前で、戦争を生き延びた先代は、命を大切にし、命がスディル（孵化（ふか）する）場所にでもしたかったのだろうか。君枝も光ちゃんもラブホテルにふさわしい名前だと思っている。

灌木を突っ切った北側の背後に畑地があり、それをさらに横切るとドブ川と化した小川に突き当たる。刑事の話だと、遺体はドブ川寄りの畑に埋められていたという。実際には畑というよりも、荒れ果てた雑草地と言った方がいいだろう。大きな亀甲墓が一つ川を睨むように建っている。

灌木とホテルの間には、ホテルを一周するように周回道路が造られている。灌木を切り開いた出入り口は、南側と西側の二か所にある。建物の壁は、クリーム色に塗られ、部屋は二十二室。それぞれの部屋の入口は、周回道路に向かって大きく口を開いている。

君枝たちの部屋は、東の端にあり、そこを起点にして、建物の中央を東西に一本の廊下が走っている。三十メートル余は、ゆうにあるだろうか。君枝たちは、その廊下を行き来して、廊下側に開いた南北の各部屋の小さな窓から、利用客の差し出す金銭を受け取り、飲食類等のサービスをする。

「参考までに部屋を見せていただけますか」

傍らの太った刑事が、突然君枝たちに向かって声をかける。

「駄目です。それは困ります。お客さんが、入っていますから」

光ちゃんが「ええ」と返事をした言葉を君枝が押しとどめる。

「心配するな、客の入っていない部屋を見るだけだよ。それも一部屋だけでいい。みんなの部屋を覗くわけではないのだから、いいだろう」

「いいえ、廊下を歩かれるだけでも困るんです」

「そうか……、よし、分かった。まあ、これからも、いろいろと協力をしてもらうことになると思うので、よろしくな」

「ええ……」

君枝が曖昧な笑みを浮かべる。それに気づいたのか、若い刑事が年輩の刑事の傍らから、名刺を差し出しながら君枝に向かって言う。

「私は、上原といいます。上原誠吾です。何か気づいたことがあったら、こちらへ電話をください」

「分かりました。君枝です」

「光子です」

光ちゃんも、君枝の傍らに立ち、緊張した表情で会釈をする。

「私は大田だ、よろしくな」

年配の刑事が名刺を出す。大田将義と記されている。

君枝と光ちゃんも、慌てて声を揃えて返事をする。

「こちらこそ、よろしくお願いします」

君枝は、傍らで会釈をする光ちゃんのしぐさを見て、ふと、我に返ったような気分になる。そして、刑事の要望を断ったのだが、これでよかったのだろうかと気になった。

しかし、客に不安を与えるようなことは厳に慎むことが君枝たちの仕事のはずだ。「令状」というのを聞いたことがある。必要があればその「捜査令状」を持ってくればよいのだ。すべての部屋が同じ造りというわけではないが、その時は部屋に案内しよう。君枝はそう自分に言い聞かせて納得する。

二人の刑事は、君枝の心に生じた小さな波紋を詮索することもなく、また残念がる様子も見せなかった。

突然、二人は機械仕掛けの人形のように整列し足を揃えると、直立の姿勢で敬礼をして礼を述べた。

「有り難うございました！」

光ちゃんが、その声につられて、思わず右手を挙げて曖昧な敬礼をする。そのしぐさに、二人の刑事は声を殺した小さな笑みを見せて立ち去った。

2

「物騒な、世の中になったわねえ」

光ちゃんが、刑事の姿が見えなくなったところで、ため息をつく。

「本当ねえ、どうしたのかしら……」

君枝も、同じように肩を落としてため息をつく。

「でも……、君枝さんは、さすがだわ。偉いわ」

「えーっ、何が？」

「刑事が部屋に入ろうとするの、断ったじゃない。それに比べると、私なんか、まだまだだね」

「そんなことないわ。これでよかったのかねえって、迷ったのよ」

「これで、よかったんです」

「そうねえ、そういうことにしておこうね」

君枝は、笑って刑事が立ち去った方角を見る。二人の姿はもう見えない。二人とも私服だったが、敬礼をしたのはユーモアだったのだろうか。ホウオウボクの大木が、ゆらゆらと枝葉を揺らしている。木漏れ日がコンクリートの周回道路に陰を作っている。

君枝は、ヌチガフウホテルに勤めてから、もう二十年余になる。この間、刑事が訪ねてきたことは一度もなかった。今日が初めてだ。

君枝は、もう一度ため息をついた。それから、刑事とのやりとりの間、音量を小さくしていたテレビのつまみに手を伸ばして大きくする。賑やかな音楽が流れ、若い女の子が肌を露わにした衣裳を着け、腰をくねらせながら歌っている。なんだか苦笑がこぼれる。

このホテルの先代の経営者は、君枝の父の戦友だった。その縁で、君枝もこの仕事に就くようになった。もっとも君枝には、父の思い出は何もない。君枝が生まれる前に、父は戦場に征き、そして死んだ。

相棒の光ちゃんの本名は、光子（みつこ）という。光ちゃんは、二度結婚したが、夫は二人とも死んでしまった。それも、光ちゃんと結婚して、二人とも間もなくのことだ。

光ちゃんは、このことを、とても気にしている。夫を次々と喪った悲しみの底で、ヒラメのように身を伏せていたのに、打ちひしがれたヒラメさえもひっくり返してしまうような卑猥な中傷が光ちゃんを襲ったからだ。光ちゃんは耳を塞いだが、噂は容赦なく入ってきた。

「光ちゃんは、男を食い物にする女だよ。光ちゃんと結婚する男は、みんな死んでしまうさ」

「光ちゃんは、あっちが強すぎるんじゃないか。好きそうな顔をしているからね」

光ちゃんは、これらの噂を跳ね返す元気は、もう残っていなかった。二人とも病死だったし、看病にも疲れていた。みんなが言うように、二人の夫を死なせてしまった自分には、本当に死神が宿っているのではないかと疑った。そう考えると、この世から消えてしまいたかった。幸い子どもはいなかったし、失うものは何もなかった。光ちゃんは、ぼんやりと死ぬことばかり考えていた。光ちゃんの折れ曲がった首は、枯れかかったガーベラの茎のように見えたはずだ。

ある日、いつものようにガーベラになった首をうなだれて歩いていると、電柱にぶつかりそうになった。慌てて首を立て直すと、目前に「ヌチガフウホテル」の文字が飛び込んできた。「従業員求む」と貼り付けられた求人広告だ。ヌチガフウホテルだなんて……。なんだか笑いたかった。実際、声をあげて笑ったはずだ。

「おかしな名前ねえ、ヌチガフウホテルだなんて……、人を馬鹿にしているわ」

光ちゃんは、笑いながら涙を流し、涙をふきながら、不思議なことだが、ここで働いてみようと思ったのだ。

光ちゃんは死ぬことには躊躇したけれど、市役所の戸籍係りの仕事を辞めることには躊躇しなかった。すぐにヌチガフウホテルへ電話をし、翌日には市役所へ辞表を提出した。辞めることに周りから再び無遠慮な中傷が浴びせられたが、ヌチガフウホテルでの採用はすぐに決まった。顔を上げ電柱を見るタイミングが、光ちゃんの人生を救ったのだ。それ以後は、この仕事を続けている。

「私はね、なんだかこのホテルが殺人現場のような気がするよ」

「えーっ、どうして？　どうして、そう考えるの？」

君枝は、光ちゃんのことを考えていたので、いきなりの光ちゃんの言葉に驚いた。

「だって……、その方が面白いんじゃない」

「なーんだ。そんな理由なの」

「そう、それだけ」

「何か確信があって、そう言っているのかと思ったわ」

「確信はないけれど……、でも、確信のようなものよ」

「なんだか、わけが分からないよ、あんたの言っていることは」

「だって、ここはラブホテルだよ。人目につかないし、なんてたってヌチガフウホテルだからね。これから納得する証拠を探すわ」

「やっぱり意味が分からないよ。面白がっている場合じゃないよ。人、一人が死んでしまっているのだからね」

君枝は少し不満を漏らしたが、しかし光ちゃんらしいとも思う。

光ちゃんは、好奇心旺盛だ。君枝の言葉にへこむことなく、目を輝かせて腕を組み、しきりにうなずいている。そんな光ちゃんが、君枝は大好きなような気もする。

「光ちゃん……、ほどほどによ」

君枝は思わず、前言を取り消すかのように、笑顔で励ました。

光ちゃんは、うなずきながら考えるしぐさを見せた。君枝こそ、わけの分からないことを言っているのかもしれない。でも、光ちゃんは笑わなかった。腕組みをしたままだ。

「野犬が遺体をほじくり返したということは、穴が浅かったということか。とすると、犯人は女かも。それもヌチガフウホテルのだれか……」

「光ちゃん……」

「まさか、刑事は、私たちを疑っているんじゃないでしょうねえ。疑われる女は、ここには六人います。私に君枝さんに、千絵子に珠代、そして美由紀によし子さん」

「もう、やめなさいよ。光ちゃんの考え過ぎだよ」

「そうだね」

君枝は、またもや光っちゃんの好奇心を抑え、顔を見合わせてテレビを見る。先ほどの若い女の子の姿が消えて、今度は若い男性のミュージシャンが映っている。歌番組だ。男は、テンポよくギターを弾きながら大声で歌っている。

ははは と笑えればいい
ははは と笑えればいい
だれもがみな
満たされない思いを胸に抱いて
この世界を生きていく
都会の闇を一人で
手探りで生きていく
とにかく今は笑えればいい
ははは と笑えればいい

「ははと、笑えればいい」か……。君枝は、テレビを見ながら、先ほどの、笑えなくなった刑事の話を思い出す。上原誠吾と大田将義刑事……。犯人を逮捕してくれるだろうか。早く逮捕してくれないと商売に影響が出るかも知れない。ちょっと心配になるが、この事件について逐一報道されるわけではないし、むしろ配慮してくれるかもしれないと思い直す。

それから、繰り返されている歌のフレーズを小さく口ずさむ。

「ははは、笑えればいい……」

「ねえ、どうしてヌチガフウホテルという名前がついたんだったかな」

またもや、突然の、光ちゃんの質問だ。

「ええっ？　何？」

「ヌチガフウホテルよ。この名前の由来、君枝さんなら知っているんじゃないかなと思って」

「なんで、また急に……。殺人事件と関係があるの？」

「いや、殺人事件とは関係ないけどさ。でも、ちょっと気になったもんだから……」

光ちゃんの顔は笑っている。

「私はね、ヌチガフウホテルという名前に勇気づけられて、このホテルで働いてみようと思ったのよ。前に話したことがあったでしょう？」

「うん、うん。聞いたことがあったわ」

「でもね、なんでヌチガフウホテルという名前なのか。私は知らないのよ。それで、どうしてヌチガフウホテルなのかな、と思って」

「そうねえ、どうしてだったかね……」

君枝は、記憶の糸をたぐり寄せる。先ほどまで頭の中に居座っていた殺人事件のことは、頭の隅に押しやる。今度は先代のことだ。

「ええっとね、私も、もうだいぶ前のことなので、うろ覚えなんだけど、先代の藤田さんはね、映画が好きで、中でも、『ゴジラ』という映画が大好きだったんだって。そのゴジラの、なんて言うのかな、ゴジラの持っているエネルギー、そのエネルギーに感動した、それで『ヌチガフウホテル』にした。そんなふうな話をしていたような気がするよ」

たしか、藤田さんはそんなことを言っていたように思う。猫背で歩く長身の藤田さんの姿が甦(よみがえ)る。

「ふうん、ゴジラでなくて、ヌチガフウホテルか……」

「そう、そこが面白いところよね。藤田さんはね、たぶん、こんなふうにも言っていたように思う。戦争でなくしたものはたくさんある。土地もない、家もない、家族もない。親もない。恋人もいない……。そんな中で、生きるエネルギーまでなくしてしまったら大変だ。それでは、いけない。生きるエネルギーを充電する場所、それが、このヌチガフウホテルになればいいってね。たしか、そんなふうに言っていたような気がするんだけど……」

「なるほどね、そうかもね。そうだといいね。私はね、旦那を亡くして落ち込んでいるときにね。たまたま、通りの看板で、この、ヌチガフウホテルって名前を見て笑ってしまってね。そして、何かしら元気が出たの。何だか、もう一度頑張ってみようかなって。そういう気になったの。こんなこと、おかしいかなあ」

「全然、おかしくないよ。そう、そんなことと同じだと思うよ、たぶん……。それでいいのよ。藤田さんは、そんなふうに言っていたような気がするよ」

「本当？　本当にそれでいいの？　ゴジラは吹っ飛んじゃったの？」

「吹っ飛んじゃったわけではないと思うけれど……」

光ちゃんの真剣な問いかけに、君枝はたじろいだ。少し不安にもなってきた。やはり、どこか違うような気もする。藤田さんは、本当にそう言っていたのだろうか。何だか勝手に自分でそう思いこんできただけではないか。

「光ちゃん……。何だか私、自信がなくなってきた」

「えっ？　気にしない、気にしない。そう思うことにすれば、それでいいのよ」

光ちゃんは屈託がない。どこかで、既に思考のチャンネルを切り替えたのだろうか。女一人でこれまで生きてきた知恵なのかもしれない。君枝もそう考えて思考のチャンネルを切り替える。

それにしても、女二人の話は殺人事件の話から、随分と離れてきた。光ちゃんは、このことに気づいているのだろうか。再び光ちゃんの顔を見る。光ちゃんがうなずきながら君枝に言う。

「ゴジラホテルでは、やっぱり駄目かね」

「何が？」

「ラブホテルのネーミングさ。ゴジラホテルも面白いかなっと思って」

「何言ってるの光ちゃんは……」

「社長に進言しようかな」

「やめなさいよ。さっき、ヌチガフウホテルって名前に救われたって言ったじゃないの」

「うん、でもさ、命がスディル（孵化する）よりも、ゴジラの方が元気がいいかなと思って」

光ちゃんの言葉に、君枝も一緒になって声をあげて笑った。

3

ヌチガフウホテルのスタッフは、君枝を含めて六人だ。もちろん社長は別だ。社長は、先代の娘さんの淑恵さんだ。しかし、淑恵さんは、ほとんどホテルに顔を出すことはない。経営は息子の高志さんに任せている。高志さんは、君枝たちが記した出納簿を点検したり、金庫に納めたお金の回収等にやって来る。ヌチガフウホテルの経営は、名義上の淑恵さんから、実際には三代目の高志さんの手に移っている。君枝たちが社長というときは、すでに高志さんのことを指している。

高志さんは、地元の国立大学を卒業して大手銀行に就職して六年ほどになるから、もうすぐ三十歳になるだろうか。得意の経営学の知識を生かしてヌチガフウホテルの収支決算もバッチリである。

高志さんの経営手腕は大したもので一度も赤字になったことはない。もっとも、勤めている大手銀行のように大きな営業努力も必要はないかもしれない。過当な競争もない。男と女がいればこの商売は成り立つ。男と女が愛し合う場所を提供するだけだ。高志さんにとっては天国のような商売だろう。

実際、高志さんは、スタッフの中の一人の美由紀(みゆき)さんとは、天国を味わう関係にある。このことは、もう、だれもが知っていることだ。

ヌチガフウホテルはラブホテルだから、時代の流行を把握するセンスは必要だろう。このセンスも高志さんは抜群にいい。先代は、このような努力にあまり熱心ではなかったが、高志さんは積極的である。クリスマスになれば、建物を華やかなイルミネーションで飾ることも忘れない。また、各部屋にビデオデッキを設置し、パソコンを持ち込んでインターネットを接続したのも高志さんだ。さらに、ベッドや飾り付けまで、各部屋独特の特徴や工夫がある。二度目、三度目と利用する客は別の部屋を楽しめる。

高志さんは、高校生のころから、受験勉強にかこつけて、ほとんどヌチガフウホテルの一室を借り切っていたというから、アイディアは豊富なんだろう。浴槽を船型にしたり、アワビやサザエの型にしたり、あるいは、ゴジラの腕の中のように湯舟を丸く切り抜いてデザインしたのも高志さんだ。高志さんの夢と遊びが、ヌチガフウホテルにはあふれている。お陰で、この業界では、よく知られたラブホテルになっている。

君枝と光ちゃん以外の他の四人のスタッフは、千絵子と珠代(たまよ)、美由紀とよし子だ。それぞれが二人ペアだが、いつの間にかこのような組み合わせになっている。年齢で言えば、君枝と光ちゃんが最年長ペアで、六十歳と五十歳、千絵子と珠代は、四十歳と二十六歳、美由紀とよし子は三十七歳の同年齢ペアだ。この三ペアで、一日二十四時間を八時間毎にローテーションで回している。月ごとに、勤務する時間帯は変更しているが、ヌチガフウホテルは、二十四時間営業だ。愛を感じた恋人たちに時間は待ってはくれない。

実は、君枝の母も、一時期ここで働いていた。しかし、すぐに辞めた。身体が弱く、辞めざるを得なかったのだ。

戦争が終わったとき、君枝は生まれたばかりで、父親は戦争が終わっても帰ってこなかった。フィリピンで戦死したはずだが遺骨はない。ただ戦死の報が届いただけである。

母は、父の死をなかなか信じることができなかった。父と暮らしていた中部の美里(みさと)村を離れることなく、父の帰りを待ち続けた。一年後にやって来たのは父ではなく、父の戦友である先代の藤田俊夫さんだった。

母は藤田さんの登場で、やっと父の死を信じた。信じざるを得なかった。何日も、何日も涙を流し続けた。

病弱だった母は、ミシンを踏めたから、米軍が駐留する基地の町、コザ市にある洋裁店に勤めた。藤田さんの紹介だ。米兵たちの注文に応じて刺繍（ししゅう）を縫い込んだり、シャツなどを作ったりする作業だ。洋裁店は自宅から数キロも離れていたが、米兵相手のその洋裁店は繁盛していた。幼いころ、君枝は米兵がたむろする街のその洋裁店の一角で、母の袖を掴（つか）むようにして一日を過ごした。

藤田さんは、そんな君枝たち母娘の自宅をよく訪ねてきた。時には両手にいっぱいのお菓子や、食糧の缶詰などの入った袋を抱えてやって来た。小学校に上がるころには、君枝のために絵本や文房具などを持ってきた。男親のいない君枝は、いつしか、そんな藤田さんが訪ねてくるのを心待ちにするようになっていた。

母は、君枝が中学校に上がるころ、突然、洋裁店をクビになった。病弱で休みがちだったからだろうか。君枝には本当の理由は分からない。洋裁店を辞めたら、二人の生活は困るし、また肉体労働が伴う仕事は、母の身体では難しかった。

しかし、このときも、藤田さんが手を差し伸べてくれた。営業を始めたばかりのヌチガフウホテルに、母をパートとして働かせてくれたのである。

君枝が高校を卒業すると、その日を待っていたかのように、母は亡くなってしまった。痩せこけた母は、身体にたくさんの疾患を持っていたことを医者から告げられた。

母の一年忌の法事が終わると、君枝は職安を頼り、本土で仕事をすることを思い立った。もちろん、このときも、藤田さんは、優しく言葉をかけて君枝を励ましてくれた。だが、君枝は、これ以上世話にはなりたくなかった。職安からは名古屋市内にある自動車部品の組立て工場を紹介してもらって就職した。そこで金城和之（かずゆき）と知り合い結婚した。

和之は、君枝と同じ沖縄県の出身だ。ふるさとは「やんばる」と呼ばれる大宜味（おおぎみ）村だったが、君枝より二年も前に本土へ渡っていて、同じ工場で働いていた。自動車が本当に好きで、君枝の面倒もよく見てくれた。

君枝は、和之と一緒に映画を観たり、列車に乗って見知らぬ街に遠出をすることが大好きだった。和之は、君枝のことを、すぐに「きいみ」と呼んで君枝を戸惑わせた。同じく沖縄県出身であるという気安さもあって和之と一緒にいるのは楽しく心地良かった。

休日を利用して、琵琶湖へ行ったとき、和之にプロポーズされた。交際を始めて一年ほどが過ぎていた。このときも、君枝は涙をいっぱい流した。母の死のときと同じようにあふれるほどの涙が流れたが、今度は嬉し涙だった。

しかし、もっとたくさんの涙を流す悲しい日々が目前に迫っているとは、夢にも思わなかった。

4

和之は、君枝の前で、よく夢を語った。君枝は、これまで夢なんか持ったことがなかったから、和之の夢を聞くのは楽しかった。

「きいみ、俺の夢はな、自動車の整備工として一本立ちすることだ。そして沖縄に帰って工場を持ちたい。工場だけでない。ゆくゆくは販売もしたい。俺の店で売った自動車が沖縄中を走り回るのだ」

和之の話は何もかもが新鮮だった。君枝が名古屋へ渡ったのは、母親が死んでしまった沖縄にいるのが辛かったからだ。何を見ても、母親のことが思い出された。思い出すと涙が流れた。夢があったからではない。沖縄を離れたいと思ったからだ。

君枝は、子どものころから母親と二人だけの生活だった。兄弟もいなかったし、父親もいなかった。母親は、いつも苦しそうに咳をしていた。母親の思い出は、背中をさすっている自分の姿と結びつく。それだけに和之の夢は新鮮だった。

君枝は、自分の夢は、和之と一緒にいることのような気がした。和之の夢を応援してあげる。それが君枝の夢であり、実際、君枝にとってそれだけで現実とは思われないような幸せな日々が過ぎていった。

「俺はな、きいみ、変なことを言うと笑わんでくれよ。俺は、子どものころ、自動車を運転している米兵に憧れたんだ。特にジープに乗っている兵隊さんは、かっこよかった。それで、米兵でなく俺たちの運転する車で沖縄中をあふれさせることができたら、どんなにかいいだろうって思ったんだ。それが俺の夢だ」

和之は、いつも誠実だった。そして思いやりがあった。男の人にそんなふうに親切にされるのは初めてだった。

「ごめんな、きいみのお父さんは、戦争で、米兵に殺されたんだよね。米兵がかっこいいと言ってしまったね」

「ううん、いいのよ。米兵にではなく、戦争に殺されたんだから」

実際、君枝には、そんなふうな気がしていた。人間と人間が向かい合って、銃の引き金を引く場面は、想像しづらかった。

和之と同棲生活を始めてからも、和之の優しさは変わらなかった。結婚式を挙げようという和之の申し出を、君枝が断った。このまま何も変わらないで欲しかった。結婚式を挙げると、幸せが逃げていくような気がして怖かった。それに、君枝には身内と呼べるような人はだれもいなかった。結婚式を挙げたって、招待客として頭に浮かんでくるのは藤田さんだけだ。結婚式を挙げるお金があれば、和之の夢を実現する資金にしたかった。

「きいみは、もっと貪欲にならなければ駄目だよ」

和之が君枝に向かって言う口癖だった。

ひょっとして、戦争が君枝から奪ったものは、父親だけではなく、この貪欲さだったのかもしれない。君枝は、母親と二人だけの生活で、知らず知らずのうちに寂しさに慣れ、人生に対しても無気力で悲観的になっていたのかもしれない。

和之は婚姻届も提出してくれた。会社の同僚を集めて小さな結婚パーティも開いてくれた。君枝にはそれだけで充分だった。間もなく女の子が生まれた。和枝と名付けた。和之の「和」と、君枝の「枝」をとったものだ。和之が名付けてくれた。

和之は、君枝と同じくらいに、いやそれ以上に娘を愛した。

「お父タン、お父タン……」

幼い娘の和枝が、初めて発した言葉だ。

君枝が最初に気づいて、娘の元に走っていった。幼い和枝は、姿が見えなくなった和之に向かい、風呂場の前のドアまで歩み寄り、盛んに和之に呼びかけていたのだ。

君枝は、そんな娘の姿を見て思わず興奮して叫んでいた。

「お父さん、和枝が……、和枝が、お父さんと呼んでいますよ」

ただならぬ気配を察した和之が、風呂場のドアを内側から開ける。

「お父タン、お父タン……」

姿を現した和之を見て、娘が精一杯の笑顔を浮かべて、また呼びかける。

和之は身体をふくことを忘れ、飛び出して和枝を抱きかかえた。

その晩の食卓では、和之の自慢話をさんざんに聞かされた。

「お母さんじゃなくて、お父さんなんだよね、和枝が最初に言った言葉は……。いいかい、きいみ、しっかりとノートに書いておいてくれよ。お父タンだよ」

「それは、私がお父さん、お父さんと、いつも呼びかけて言い聞かせていたから覚えたんです」

「違う、違うなあ、そんなんじゃないよ。なんかこう、父親の愛情に気づいたんだよ。人間的な、本能的な、俺の優しさを感じたんだよ」

「えーっ？」

「この子は、お母さんみたいに、男を見る目があるぞ、しっかりしたいい子になるぞ」

和之は、上機嫌で、その日は何杯もビールを飲んでいた。

こんな幸せが、やはり長く続くはずはないのだ。

和之は、和枝がもうすぐ二歳を迎えるという年の冬、友人に誘われて岐阜に向かった。友人の実家は岐阜の白川郷の近くに在り、雪の降り始めた中を出発した。やはり強引に止めればよかったのだ。和之と友人の二人は、山中で車をスリップさせ谷底へ転落した。

君枝は、その日のことを考えると、今でも悔やまれる。無念さに歯ぎしりする。ラジオでは、午後からさらに天候が悪くなりそうだと、盛んに注意を促す予報が流れていたのだ。

「俺たちはプロだよ。自動車会社に勤める車のプロだ。車の状態はすぐに判断できる。危なくなったら途中で引き返すよ」

和之は、小雪のちらつく中を笑って出発した。引き留めておけばよかったのだ。運転のプロでは、なかったのだから……。二人とも血を流し、白い雪の中で赤く染まった身体を数時間も放置され、そして死んだのだ……。

5

君枝には、当然、戦死した父との記憶はない。しかし、母との記憶はあふれるほどある。これからの歳月をすべて使っても語れないほど数多くの思い出がある。

母は、いつも弱々しくうつむいていた。よくもそんな弱々しい身体で君枝を生むことができたものだと、不思議に思うことさえあった。

「お父ちゃんが、死んじゃったからだよ。お父ちゃんと一緒のときは、母さんも元気だったのよ。何だか、お父ちゃんが死んでからは、何をするにも力が入らなくなってねえ。食事も進まないし……」

母は、何でも、お父ちゃん、お父ちゃんだった。いつまでも、死んだお父ちゃんから離れることができなかった。

君枝は成長するにしたがって、母親のそんな陰気臭さがたまらく嫌になった。時々癇癪を起こして声を荒げて母をなじった。

「お父ちゃんを戦争で亡くしたのは、何も母さんだけじゃないよ。みんな、元気を出して頑張っているじゃないの。なんで母さんだけが、いつまでも、めそめそするのよ。死んじゃったんだから、もう仕方がないじゃないの」

しかし、母は、やはりうつむいたまま、弱々しくつぶやくだけだった。

「仕方がないよって、母さんは、お父ちゃんの死を諦めきれないんだよ。諦めきれるもんかね。他人は他人、母さんは母さんさ」

母は、君枝に何を言われても、お父ちゃんへの想いを捨てなかった。裁縫上手な母が、糸を引っ張り、プチッと歯で噛み切る。どうして、そんなふうに過去を裁断することができないのか。君枝は苛立った。

母の心に、父との、どのような想い出が秘められていたのか、君枝には分からない。しかし、父と母は、二人とも実家を追われるようにして結婚したのではないかと思っている。それは、やがて確固たる確信に変わっていった。その証拠に、母は親戚づきあいはほとんどなかった。ユイマール（相互扶助）精神で助け合い、賑やかなことが好きな沖縄では珍しいことだった。君枝がいなければ、母はすぐに自殺をして父の元に逝くのではないかと思われるようなことも何度もあった。仏壇にある父の遺影に向かって、ぼんやりと、いつまでも、いつまでも語り続けていることも多かった。

そんな母が一度だけ酒の匂いをさせて帰ってきたことがある。洋裁店を辞めることになる二週間ほど前のことだった。

その日、母は帰宅時間が過ぎても帰ってこなかった。君枝は一人で遅い夕食を食べ、床を敷いて寝た。寝床で母を待つつもりが、いつの間にか寝入っていた。

君枝は、深夜の物音に目を覚ました。母が、玄関の戸を開ける音だった。母は、家の中に入ると、倒れ込むようにして畳の上にうつぶせた。泣いているようにも思われた。それから起き上がり、壁づたいによろよろと歩いて、再び前のめりに腕を突くようにして倒れたのだ。

君枝は、母の異様さに言葉が出なかった。布団から顔を半分ほど出し、薄目を開けて母の様子を盗み見ていた。母のか細い身体が激しく波打っていた。ブラウスのボタンは千切れ、白いブラジャーが見えた。痩せた小さな乳房がはみ出ていた。

しばらくして、母は思いだしたように立ち上がり、君枝の枕元に寄ってきた。君枝は慌てて強く目を閉じた。

君枝の枕元に座った母は、身動き一つしなかった。ただ、君枝の髪を手で優しく梳いた。君枝は、そのとき、母から酒の匂いと異様な匂いを嗅ぎつけた。男の匂いだと思った。そして、君枝の枕元で、再び母の嗚咽を耳にしたように思った。

母は、やがて君枝の元を離れ、立ち上がって風呂場に向かった。風呂場からは湯を使う音と共に、異様な泣き声が君枝の耳に届いた。君枝は、もう中学生になっていたから、母に何が起こったか、おおよそのことは想像できた。

しかし、だからといって、君枝に何ができただろう。その日も、それ以降も、君枝は母に何があったかを尋ねることはできなかった。もちろん、寝た振りをしていたことがばれるからではない。問いただすと、母の命は、プツンと途切れてしまう。母は死んでしまう。そのような不安からだった。

母が涙を流し、酒の匂いをさせて帰ってきたのは、それ一度きりだった。弱々しい素振りを見せても、母は二度と涙を見せなかった。

母が洋裁店を辞め、ヌチガフウホテルに勤めるようになったのは、それから間もなくのことだった。

6

「ねえねえ、君枝さん、新聞見た？　事件のこと載っているわよ」

君枝が出勤すると、光ちゃんが新聞を広げて興奮していた。傍らには千絵子と珠代もいた。珠代が目の飛び出たヤドカリみたいに睫毛（まつげ）を忙しく動かしながら、目を丸くして驚いている。

今月は、千絵子と珠代が深夜番で、君枝と光ちゃんが朝番だ。午後番が美由紀とよし子である。いつのころからか、君枝たちは三交代のローテーションを、「朝番」、「午後番」、「深夜番」と名付けて呼び合っていた。ちなみに、朝番は朝の八時から午後の四時まで、午後番が午後の四時から夜の十二時まで、深夜番が十二時から翌朝の八時までである。

光ちゃんは、千絵子と珠代に、自分たちの当番のときにやって来た刑事の様子を身振りを交えながら興奮した口調で説明していた。「引継日誌」にも書き、午後番の二人には大げさに話したことだが、深夜番の二人にも話したかったのだろう。いつも出勤に遅れる光ちゃんが、珍しく今日は早くやって来ているのは、それが理由だろう。

あの日以来、裏の死体遺棄現場には、ビニールテープが杭に巻きつけられ、立ち入り禁止区域になっている。数日間は警察官が何度か出入りしていたが、今ではほとんど見当たらない。あの騒動は、いったい何だったのかなと思う。

「お互いに、気を付けましょうね。それでは、失礼するわ」

千絵子がそう言って、光ちゃんの話を、もう聞き飽きたという素振りで立ち上がる。あるいは、遮るような素振りでと言い直してもいい。

千絵子が長い髪を結い上げて後ろに縛り、立ち上がって珠代をせかす。

「さあ、珠代、行くわよ」

「お疲れさまでした」

立ち上がった千絵子と珠代に、君枝がねぎらいの言葉をかける。

珠代は、千絵子に引き立てられるようにして出口まで歩いていたが、まだ名残り惜しそうに奇妙な笑みを浮かべて光ちゃんを振り返る。その珠代に、千絵子が声をかける。

「珠代……、ぐずぐずしていると、襲われるわよ。さあ、帰るよ」

「うん……」

珠代が何か言いたそうにして立ち止まっている。

「どうしたの、珠代？」

「うん……、アタシは、襲われ、ないよ」

「そんなことないわよ。殺人犯は、意外と近くにいるかもよ。気をつけて帰るのよ」

君枝が、千絵子の言葉を受け継いで注意をする。

「うん」

君枝の言葉に、珠代がやっと未練を断ち切って部屋を出て行った。

珠代は、もうすぐ二十六歳にもなろうかというのに、いまだに自分のことを「私」と言えず、少し鼻に掛かったような声で「アタシ」と言う。でも、もうだれも気にする者はいない。

珠代の姿が見えなくなったところで、光ちゃんが笑いながら、珠代の声音を真似て言う。

「アタシは、襲われないよだって。アタシが男を襲うんだよ、って言うかと思った」

「何言ってるの、光ちゃんは……」

君枝は、少し顔をしかめた。

「冗談よ、冗談……」

光ちゃんが、再び笑い声をあげる。

珠代は少し知的な障がいがあるので、実際そんなふうなことを言いかねない。それに、妙にエロっぽい雰囲気がある。

「それにしても……」

「何？」

「千絵子さんは、私の話を、まるで無視するような素振りだったわ。ホント、頭にくるわ。絶対に許さないから」

「何を、物騒なこと言っているのよ。千絵子さんも、朝だから忙しいのよ、いろいろとね。悪気はないよ、ただそれだけだよ」

「そうかねえ……」

「そうですよ。あんただって朝は忙しいでしょう？　女にとって朝は勝負の時間だからね。なんやかんやと忙しいんだよ。だからだよ」

「千絵子さんも、朝、勝負するのかなあ」

「女は、だれでも一日のうちに勝負の時間を持っているんです」

「そうかなあ」

「そうだよ。千絵子さん、言っていたじゃない。ここで働いている自分たちのことを、犯人扱いするんじゃないだろうねえって。刑事に尾行されるようなことはないだろうねって。関心がないわけではないよ」

君枝は、そう言って、淹れ替えたばかりのお茶を光ちゃんの茶碗に注いで差し出した。

「有り難う……」

光ちゃんが、素直に茶碗を受け取る。それから、黙って瞼を閉じた。

光ちゃんが茶を啜ろうともしないので、君枝は冗談ぽく言った、

「光ちゃんは、尾行されてないよね」

「当たり前だよ、そんなことないよ」

大きく目を見開いて、慌てて首を横に振る。顔を見合わせて二人一緒に声をあげて笑う。

「上原刑事と大田刑事は、このラブホテルに勤めている私たちのだれかが犯人だと疑っているのかしら」

「光っちゃんはどう思う？」

「分からないよ、でも……」

「でもって？」

「ここで勤めている人、みんな男運が悪いからねえ。そのうちの一人が殺人事件に関わっている……、てことは十分ありうるかもね。美由紀さんも、千絵子さんも、東京で辛いことがあったようだし、よし子さんだって今はダンナと別居状態でしょう。君枝さんだってご主人に先立たれたんだし、珠代もあの調子だからね。今のところ潔白なのは、私だけ」

「何言っているのよ。男運が悪けりゃ殺しはしないよ。さあ、今日も一日が始まるわよ。今日

は、土曜日だから、すぐに忙しくなるわよ」

「ねえ、不思議に思わない？」

「何が」

「上原刑事たちは、ひと月前の事件だと言ってたよね」

「そう。たしかそう言っていたような気がするけど」

「どうして私たち、知らなかったのかしら。だれかが当番のとき事件は起こったはずなのに、だれも連絡ノートには書いていなかった。ひょっとして犯人だから書けなかったんじゃないかな」

「光ちゃん！」

「もしくは、共犯者がいる。このヌチガフウホテルに手引きした」

「光っちゃん、もうやめましょう」

君枝は、茶碗を置きながら、光ちゃんの話題を遮る。

「さあ、これを食べて、今日も頑張ろう」

家から持ってきた大根の漬け物を、四角いタッパーを開いて光ちゃんの前に差し出す。いつのころからか、一人住まいの君枝は、朝番の時は、家で拵（こしら）えた惣菜を持ってきて、光ちゃんと一緒にこの狭い部屋で肩を寄せ合って食べるのが楽しみになっている。

「話題を逸（そ）らそうとしているのね、君枝さんは……」

「あら、お漬物、要らないのね」

「要る、要る。いただきまあす」

光っちゃんが慌てて箸を取って、腰を折り、漬物を口に入れる。

「やっぱり、美味しいよ、君枝さんのお漬物」

「そうでしょう。娘の和枝も、私の料理で漬物だけは美味しいって言ってくれるのよ。誉められているのか、けなされているのか」

君枝の言葉に光ちゃんが笑顔を浮かべる。

「和枝ちゃん、元気かな？」

「さあ、どうだろうねえ。便りのないのはいい便りっていうからね、たぶん元気だよ」

娘の和枝は、結婚して家を出ていった。正確には、君枝が追い出したようなものだ。

和枝夫婦は、君枝と一緒に住んでもいいと、むしろ同居を希望したのだが、君枝が断った。娘の和枝と一緒にいると、死んだ和之のことが思い出されて耐えられなかった。表向きは一人で生活するのが気楽でいいと、娘に無理を言って追い払ったのだが、一人の生活は、やはり寂しかった。

しかし、娘が結婚してからもう十年余が過ぎた。そして、今では、二人の孫もいる。娘夫婦は、孫を連れて、時々君枝の元に遊びにやって来る。幸せだと思う。幸せだと思わなければ、罰が当たる。夫の和之の分まで、いや母さんや戦争で死んだ父さんの分まで、幸せにならなければ……。母さんや父さん、そして和之の命も、娘や孫に引き継がれているのだ。幸せだと思わなければ……、今、その幸せを手に入れているのだと思わなければ……。

「ねえ、ねえ、君枝さん……、先代は、なんでラブホテルなんか造ったのかなあ」

突然、光ちゃんが思い出したように君枝の方を向いて言う。「なんでかなあ」は、光ちゃんの口癖だ。君枝は、また始まったかなと思った。

「あれ、そのこと、私、前に話したんじゃないかしら？」

「話してないよ、あれは、ヌチガフウホテルの名前のことを話したんだよ」

「そうだったかなあ」

「そうだよ」

「同じことじゃないの？」

「同じことって」

「同じ理由、ラブホテルを造ったのもヌチガフウホテルって名前を付けたのも同じってこと。それで答えにならないの？」

「そうだねえ、答えになるのかなあ」

「答えになるよ。まったくもう……。何を思いつめているのかと思ったら、そんなことを考えていたの」

「ちょっと気になったの」

「何で？」

「殺人事件と」

「関係ありません」

君枝のきっぱりとした言葉に、光っちゃんも笑っている。光っちゃんにとっても、たいしたことではないのだろう。君枝も笑い返した。

でも光っちゃんのしつこさに、少しだけ不安になる。まさか光っちゃんは事件に関わっていないだろう。それを隠すために、しつこく聞いているのだろうか。そう思うと、不安が大きくなってきた。

君枝は光ちゃんに向き直る。

「光ちゃん、なんでだろうね、私も興味があるわ」

「何が？」

「ヌチガフウホテルと、ラブホテル」

「あれ、さっき同じ理由だと言ってたじゃないの？」

「よく考えると、光っちゃんが言うように同じじゃないかもしれないし……」

「でしょう、同じじゃないかもしれないよね」

君枝は不安を打ち消すように、話を揺り戻す。

光っちゃんは、不思議そうな顔をしたが、すぐに話題に戻ってくれた。

「先代と君枝さんは、親しかったんでしょう？　だから、知っているのかなと思ったの」

「そうだね、親しくしてもらっていたし、私も知っているような気がしていたんだけど……。ヌチガフウホテルという名前のことだけを知っていただけかもしれない。よく分からなくなってきたよ」

君枝は、本当に分からなくなった。慌てて記憶をたぐり寄せてみるが、やはり思い出せない。ヌチガフウホテルという名前を付けたのと同じ理由だと言ったが、どうだったか。よくは分からない。先代の藤田さんの顔が、母さんの顔と一緒に浮かび上がってくる。

母さんと同じく、藤田さんも寡黙な人だった。藤田さんは、君枝が生まれてから母さんが亡くなるまで、よく君枝たちの家にやって来て面倒を見てくれた。

母さんと藤田さんには、十数年もの間一緒に過ごした時間があるのだから、ラブホテルの話題も出たかもしれないのに、君枝には、二人が何を話していたのか、全く思い出せない。あるいは、何も話さないで、ただぼんやりと向かい合っていただけなのだろうか。そんなふうに考えた方が、むしろ自然のような気がする。

君枝は、必死に藤田さんの記憶を紡ぎ出す。幼いころ、藤田さんの膝の上に抱かれて甘えたこともあった。手を引かれて中城公園に行ったこと。公園の遊園地では模型の飛行機に乗り、動物園ではライオンを見たこと。ライオンの姿に驚いて、藤田さんの後ろに回って隠れたこと。そのようなことが次々と思い出された。しかし、藤田さんと母さんの会話の記憶はまるでない。藤田さんが、母さんと戦争の話をしているのも聞いたことがない。父と藤田さんは一緒に徴兵され、二人ともフィリピンの戦地へ送られた。父さんは戦死し、藤田さんは重傷を負い、現地の病院で一年間余の闘病生活を経た後、帰還した。藤田さんは、父さんの戦友なんだから、あるいは母さんには、たくさんの話をしたのだろうか。いや、そんなことも考えづらかった。

ヌチガフウホテルと名付けた理由は、光ちゃんにも話した。しかし、なぜラブホテルを建てたのか。それは聞いたことがない。それとも、ヌチガフウホテルと名付けた理由が、ラブホテルを建てた理由だったのだろうか。記憶違いで、そう思い込んでしまったのだろうか。いずれにしろ、考え始めると混乱してしまった。

一度、藤田さんに連れられて、母さんと一緒に、ゴジラの映画を観に行ったことがある。それは確かなことだ。そのとき、ヌチガフウホテルは、もう出来上がっていたのだろうか。それとも、その後なのか。定かでない。ホテルが先か、ゴジラが先か……。記憶がだんだんと曖昧になってくる。君枝は、自分はもうぼけたのかなと思う。しかし、まだ六十歳になったばかりだ。ぼけるには早すぎる。

　君枝は、もう一度、ゆっくりと考えてみる。藤田さんが、ラブホテルを建てた理由を……。藤田さんにとって、戦後の生活は、やはり戦争が契機になって組み立てられていたように思う。戦争体験が、ヌチガフウホテルを建てさせたのだ。藤田さんは、たぶん、戦争で人間の極限の姿を見たのだろう。例えば、生と死、男と女、夢と現実、苦痛と享楽、親と子ども、瞬間と永遠、そして戦友である父さんの死……。

　でも、なんだか、うまく説明できない。母さんへは、その理由を説明できたのだろうか。いや、どんな言葉でも説明できない理由が、世の中には、たくさんあるような気がする。そして、説明できない中にも、大切なことは、いっぱいあるような気がする。

　藤田さんは、少なくとも生活の手段としてヌチガフウホテルを建てたのではないように思う。そのようなこととは違う別な理由や意図があったのではないか。藤田さんは戦前は農業をしていたのだが、戦後は土地を米軍に奪われた。今は軍事基地になっている。藤田さんは軍用地主だ。

「やっぱり、同じ理由でいいってことにしておこうか」

　光ちゃんが、少し投げやりに君枝に向かって言う。

　光ちゃんの言葉は、光ちゃんが理由を尋ねてから、だいぶ時間が経っていたから、君枝は少し驚いた。光ちゃんも君枝と同じように、いろいろと思いを巡らしていたのだろうか。そうだとしたら、光ちゃんも君枝と同じように、理由が明快に掴めなかったのかもしれない。

「やっぱり、私にも、よくは分からないわねえ」

君枝も、光ちゃんに向かって言う。

「いいよ、いいよ、分からなくたって……。分からなくても生きていける。ヌチガフウホテル、ここが私たちの仕事場だってことが分かっておれば、ＯＫね」

光ちゃんは、自分で撒(ま)いた質問の種を、自分で刈り取って、大声で笑った。

7

「ねえ、光ちゃん」

「うん？」

「光ちゃんのご主人は、どんな人だったの？」

「何よ、急に……、気味が悪いわねえ」

「気味が悪いってことはないでしょう」

光ちゃんが笑いながら、テレビから目を離さずに受け答える。君枝も笑いながら光ちゃんを見る。

君枝は、先ほど過去を振り返ったとき、藤田さんや母さんの思い出と共に、夫の和之のことも思い出していた。思い出していたが、藤田さんや母さんに比べると、思い出が曖昧になっていることに苛立った。

なるほど、和之と過ごした時間は五年足らずである。そして記憶を意図的に封印してきたこともある。しかし、凝縮された貴重な時間であったはずだ。それに相応(ふさわ)しい思い出がいつでも取り出せなければ許せないような気がした。そうでなければ和之に申し訳ない気がしたのだ。不思議な感慨だった。

「どっち？」

「ええっ？」

「一番目の旦那？　それとも二番目の旦那？」

光ちゃんは、相変わらずテレビから目を離さずに尋ね返す。

君枝は、光ちゃんに、少し悪い質問だったかなと気になった。

「いえねえ……」

やはり、言いよどんだ。

「なんなのよ。言い出してからに……。途中でやめたら駄目だよ、最後まで言わなけりゃ」

光ちゃんが挑むような表情で君枝をちらっと睨む。もちろん、目は笑っている。

「いえねえ、私は意識的に夫の和之のこと、忘れようとしてきたけれど、時々思い出さなきゃ、夫に悪いかなあと思ったもんだから」

君枝は、自分の気持ちを少しごまかしながら、光ちゃんに冗談っぽく言った。

「そうだよね、そうしなけりゃ仏さんも浮かばれないわよねえ」

光ちゃんが、やっとテレビから目を離して君枝に向き直る。

「私たち、こんな仕事しているから、仏さんも心配で、気が休まらないかもしれないね」

「ええっ？　どうして？」

「浮気をするんじゃないかって」

「死んだ夫が心配するの？　まさか」

二人は、声をあげて笑った。

君枝は和之の事故の連絡を受けたとき、にわかには信じられなかった。和之の遺体を確認するために、幼い和枝を抱いて岐阜に向かった。事故の知らせは岐阜の警察署からの電話だった。

和之の死は信じられないはずなのに、列車の中では、なぜか涙がずーっと流れっぱなしだった。せっかく手に入れた幸せが、水を掛けられた氷のように、あっと言う間に溶けていく。

窓外の雪景色を見ながら、父親の死を知らずに娘の和枝がはしゃいでいるのを見て、また涙が流れた。乗客が泣いている君枝の方を見ていても気にならなかった。「きいみ」「きいみ、助けて……」という和之の声だけが、耳鳴りのように響いて君枝の心を掻き乱した。

「生きるってことは、自分の心の中に他人を住まわせることだよ。ぼくにはそれが、きいみだ。二人で一人だよ。あれ、一人で二人かな」

そんなふうに言って笑っていた和之の言葉も思い出した。涙が止まらなかった。

和之の遺体を、沖縄からやって来た和之の両親と共に荼毘に付し、法事のために沖縄に帰った。もう、和之のいない名古屋に戻ってやり直す元気は失せていた。

「一番目の旦那はデブだったよ。私が甘えさせ過ぎたんだねえ、結婚してからますますデブになった。二番目の旦那は、ヤセ。最初から病気持ちだったんだが、世間はそうは見てくれなかった。私は、すぐに疫病神にされたよ」

光ちゃんが、再びテレビに視線を移して話し始めた。でも、決してテレビを観てはいなかった。光ちゃんの視線は、既に潤んでいて、今にも泣き出しそうだった。

8

君枝は、沖縄に戻ってくると、すぐに本土から進出してきた大型デパートの店員募集に応じた。採用されて婦人服売り場に配置された。婦人服売り場は、初めのころこそ興味を持ったが、売り場の華やかさに最後まで馴染めなかった。
贅沢な服や、贅沢に着飾った人々の目の前での仕事は、君枝にとって、いつも現実とは懸け離れていた。そして、贅沢な人々が、それでも万引きする行動を目にしたとき、我慢の限界がきた。

上司に担当フロアの変更を申し出たが、「甘えるな！」と一喝された。それを機会に、デパートを辞める決心をした。勤めてから四年の歳月が流れていた。

君枝の帰省後は、和之の親族や、藤田さんが、いつも何かと気を遣って励ましてくれた。何度か見合いも勧められたが、その度に断った。表向きは、娘の和枝と二人で頑張っていきたいと断ったのだが、もう、二度と和之を喪ったときのような悲しい思いはしたくなかった。

藤田さんが、二度目の見合いの話を持ってきたとき、君枝は見合いではなくて、ヌチガフウホテルで働かせてもらいたいと頼んだ。

藤田さんは驚いていたが、すぐに笑って承諾してくれた。

「あんたの母さんも頑固だったが、あんたも、母さんに劣らずに頑固だなあ」

藤田さんにそう言われて勤め始めてから二十年余、君枝には、ヌチガフウホテルが働き場所になった。

藤田さんは、時々、灰色のチェックの入った鳥打ち帽子を被り、ステッキを突きながらヌチガフウホテルにやって来た。戦争で受けた足の傷と、内臓に疾患があった。右脚をくるっと内側に曲げるような歩き方をして、君枝の居る従業員室にやって来ては茶を飲んだ。時には落葉を集めて、裏の畑の隅で火を燃やした。

「あんたの母さんも、ここで働いていたのだよ」

「ええ、覚えていますよ。母共々、お世話になります」

「いや、そう言う意味ではないのだが……」

君枝は、裏庭で落ち葉を集めて火を燃やしている藤田さんに、冷たい麦茶を差し出し、火をくべる手伝いをしたことがある。

藤田さんは、珍しく顔を紅潮させながら、君枝に母のことを語ってくれた。

「あんたの母さんにも、私はあんたと同じように、見合いを勧めたことがあったんだよ。私は、お節介屋さんなんだなあ。もちろん、あんたと同じように断られたがねえ」

藤田さんは、麦茶を飲みながら少し笑みを漏らした。

藤田さんは、それから母の強情さについて、少しはにかみながら話し出した。藤田さんの優しさが伝わってくるような話だった。

その優しさに甘えるようにして、君枝はいつか尋ねてみたいと思っていたことを口にした。

「藤田さんは、母さんと結婚しようという気持ちは起こらなかったのですか？」

藤田さんは、腰を折って火の中へ落ち葉を入れた。それから、笑顔を浮かべて、君枝を見て言った。

「一度も、なかったよ」

「どうしてですか？」

「あんたの父さんは……、私の戦友だよ」

藤田さんは、そう言って、君枝に背中を向けて、再び落ち葉をかき集めた。君枝は、戦友だからこそ結婚してあげるべきではないかと思った。

藤田さんは、ちろちろと燃えている火をじいっと見つめながら、つぶやいた。

「それに……」

「それに……、どうしたんですか」

「あんたの父さんと母さんに、結婚を勧めたのは、私だ……」

藤田さんは、そう言ったきり黙ってしまった。

藤田さんは、戦争から帰ってきた数年後に、奥さんを亡くしていた。だから、結婚しようと思えば、母さんと結婚もできたはずだ。藤田さんは奥さんを亡くしてから、その後、ずーっと独身だった。

二人の間に長い沈黙の時間が流れた。君枝は、もうこれ以上のことは聞けなかった。静かに火を見つめている藤田さんの後ろ姿を見ていると、なぜか涙がこぼれそうになった。戦争のこと、母と一緒に父から取り残された長い歳月のこと……。君枝の脳裏で勝手に様々な思いが渦巻いた。戦場での父の姿も藤田さんの姿も浮かんできた。

　母さんから聞いた話しだと、藤田さんと父さんの所属する部隊は、米軍との激しいマニラでの市街戦の後、ジャングルに撤退した。父とはジャングルの中で、はぐれた。父が米軍の砲弾で戦死したか、現地のゲリラ兵に殺されたか、それは分からなかった。藤田さんは米軍の砲弾を受け、倒れているところを米軍に介抱された。野戦病院で治療を受けた後、現地の病院で闘病生活を続けた。機会あるごとに生き残った戦友らに父の消息を尋ねたが、だれも分からなかった。どれもこれも母さんから聞いた話しだが、藤田さんは誠実に母さんに語ったはずだ。

　藤田さんは戦争のことを君枝には話さなかった。君枝もまた聞けなかった。聞いてはいけないことのようにも思われた。

　藤田さんは、きっと一度も母さんを抱いたことなんか、なかったに違いない。そんな思いは、藤田さんを知れば知るほど、だんだんと確信に変わっていった。

「藤田さん、有り難うございます……」

　君枝は、藤田さんの背中に向かって小さくつぶやいた。

　藤田さんは、もう振り返らず、言葉も発しなかった。ひたすら火を見つめていた。藤田さんには、君枝の言葉は聞こえなかったかもしれない。君枝は、それでもよかった。慌てて目頭を押さえ、こぼれそうになる涙を堪(こら)えて、その場所を立ち去った。

藤田さんは、それから一年後、枝が折れるようにぽっくりと死んだ。藤田さんも、母さんも、心の中に、自分以外のもう一人のだれかを住まわせて生きることができただろうか。

「生きるってことは、心の中にもう一人のだれかを住まわせることだよ」

そんなふうに言っていた和之の言葉を久しぶりに思い出していた。

君枝は小さくつぶやいた。

「和之さん……、私は欲張りだから、私の心には、あんただけでなく、たくさんの人が住んでいるよ。父さんも、母さんも、娘の和枝も、藤田さんも、光っちゃんもだよ……」

君枝は、和之の姿を思い出しながら、滲んできた涙を堪えて、光ちゃんに気付かれないようにそっと合掌した。

9

「もう、ひと月余りにもなるよね」

「何が？」

「刑事が来てからよ……。私たちのところだけでなく、千絵子や美由紀のところにも来たみたいだよ。それって聞き込みっていうんでしょう」

光ちゃんが、新聞を広げている君枝に話しかける。

「そうだね……」

君枝は、顔を上げて光ちゃんに答える。

「進展はないのかなあ。犯人はまだ逮捕されていないようだけど、沖縄の警察もだらしがないねえ。迷宮入りってことになるのかしら」

「まさか、まだ結論を出すのは早いわよ」

「でもさ、事件解決には一か月以内が勝負だって聞いたことがあるよ。一か月が過ぎれば、迷宮入りになる可能性が高いんだって」

「だれが、そんなこと言っていたのよ」

「テレビでだよ、殺人事件のドラマで、ええーっと、あの主人公の名前、なんていったかなあ……」

「あんたは、テレビの見過ぎだよ」

「そうかなあ。でも捕まらなきゃ、不安だよねえ」

「また、殺人を犯しかねないからね」

「まさか、この辺をウロウロしていて、私たちを襲うというようなことはないでしょうね」

「まさか……」

「ああ、襲ってもらいたいなあ。こんなオバさんでもよかったら、はいどうぞって、この錆び付いた肉体を差し上げるのになあ。その時は一〇九号室のシルクロードの部屋がいいかな」

「光ちゃん」

「うん？」

「相手は色男じゃないわよ。殺人犯よ。はいどうぞって、命を差し上げてもいいの？」

「あっ、そうだったわね。ああ怖い怖い、危ないところだったわ」

光ちゃんが大声で笑う。

光ちゃんも、君枝と同じく一人者だが、光ちゃんの明るさには、かなわない。

光ちゃんは君枝より一回りほど若い。でも、五十歳には手が届いただろう。歳を取ったら、一緒に老人施設に世話になろうねっていうのが光ちゃんの口癖だ。私を置いて行かないでね、私も一緒に連れっていってねと、いつも君枝に甘えるように言う。あながち冗談だけでもなさそうだ。

君枝には娘夫婦や孫がいるが、光ちゃんには子どもや孫はいない。君枝が想像する以上に心細いのかもしれない。

「光ちゃん……」

「うん？　なーに？」

君枝が持ってきた赤瓜（あかうり）の漬け物を食べながら、光ちゃんが振り返る。

そのとき、部屋の中の受話器が鳴り、番号を記したルームランプが点灯した。お客さんからのメッセージだ。君枝は慌てて点灯したルームランプを確認して受話器を取る。

「はい、フロントです……」

君枝が目で合図をすると、光ちゃんが笑顔で立ち上がる。

客が帰るときは、二人一緒に出掛けて精算をし、料金を受け取る。フロントの部屋には常時だれか一人は待機しておくのが基本だが、客が出た後は、急いでベッドメーキングをして、次の客を迎えなければならない。

「ねえ、ねえ、君枝さん」

光ちゃんの言葉に、受話器を置いた君枝が振り向く。

「ねえ、さっき、何を言おうとしていたの？」

「なんのこと？」

「さっきさ、電話が鳴る前に、何か言おうとしていたじゃないの？」

「うん？　なんだったかな」

君枝は、わざと意地悪をする。

「さあ、急がないと、お客さんのお帰りだよ」

「ねえ、ねえ、教えてよ、君枝さん……」

君枝は、ドアのノブに手を掛けたままで答える。

「まだ老人ホームは早いわよ。もう少し二人で頑張ろうね、って言おうとしていたんだよ」

「なーんだ。そんなことだったの」

そんなことではなかったような気もするが、君枝はそんなことにして、廊下を足音を忍ばせて歩き出していた。

第二章　千絵子の理由

1

「珠代（たまよ）、ほれ、なにぼけっとしているのよ。そこのシーツの端を引っ張って。ほれっ！」

千絵子（ちえこ）は、つい苛立って大きな声を出してしまった。

珠代は、それでも、全く意に介さない。客が忘れていった雑誌を手に取り、ぱらぱらとめくり、にこにこと笑っている。

「珠代、ほれ……。準備が終わってからにしようね。今日は満室だから急がないとね」

「うん」

珠代は、やっと雑誌をテーブルの上に置いてシーツを引っ張る。

珠代は、いつもこうだ。客の忘れ物があると、なかなか準備を始めようとしない。部屋の片付けをせずに、すぐに客の忘れ物に関心がいってしまう。何度言っても最初からやり直しだ。

珠代は、手に入れた客の忘れ物を、「チトゥ」と言って部屋へ持ち帰り、家へ持ち帰る。チトゥとは、沖縄の古い習慣で、死者の遺体を棺に入れて火葬に付す際に、遺族や親族が、先に死んだ者への土産物だとして、煙草やタオルなどを入れて一緒に茶毘に付す。その土産物をチトゥと呼んでいるのだが、珠代はどこで覚えたのか同じようにチトゥと呼んでいる。

「使い方が間違っているんじゃないの？」

千絵子はそんなふうに珠代に言うのだが、珠代は「お客さんからの土産物だから同じだ」と言うのだ。

千絵子はどちらでもいいことなのだと諦めて、訂正するのをすぐにやめた。珠代の家は、もうチトゥであふれているのではないかと思う。

千絵子は、やっとベッドに向き直った珠代と二人で皺寄ったシーツを剥ぎ取り、ピンクのシーツを被せる。千絵子はこの瞬間が大好きだ。一気に部屋のムードが変化する。今日のピンクの色は、コスモスが咲き乱れる野原のような爽やかさを呼び込んでくれる。布団のカバーもピンクで統一する。一気にロマンチックな部屋に様変わりする。この気分を味わうために、いつも苛立って珠代をせかすのかなとも思う。

客が使ったベッドのシーツは、何だか隠微な匂いがする。その匂いを早く剥ぎ取りたいと思う。時には精液が丸い染みを作り、陰毛が抜け落ちている。そんなベッドは見るのも嫌だ。毎日の仕事だけれども、この状況に慣れることは、たぶん永久にない。

しかし、新しくベッドメーキングをすると、千絵子の心によどんでいた嫌悪感が一気に払拭される。その落差の爽快感が、千絵子をこの仕事から離れられなくしているのかもしれない。ベッドメーキングの回数が多くなればなるほど、爽快感を味わえる回数も多くなる。

「アタシ……、覗けばよかったかなあ」

珠代が、シーツの端を引っ張りながら言う。

「何だか、この部屋のお客さん、ソウトウ激しかったみたいだねえ。シーツがメチャクチャだよ。ああ、本当に覗けばよかったかなあ」

「何、言ってるの、珠代は、もう……。そんなことより、風呂場は片付けたの?」

「まだで〜す」

「ほら、急がないと」

「はーい、今、片付けま〜す」

珠代が、そう言って両手を脇に付け、ペンギンのようによちよち歩きで風呂場に行く。珠代の、いつもやるおどけたしぐさだ。

「本当に、もう珠代は、懲りないんだから……」

千絵子は、思わず笑ってしまう。

風呂場で、水を流す音がした後に、ガラガラと大きな音が続けざまに起こる。しばらくして、やっとのことで静まりかえる。

千絵子は、冷蔵庫の飲み物を確認して追加する。ビールに、ワインに、ウーロン茶……。それからテーブルの上に黒砂糖を置き、チリ箱のチリを手早く集める。お揃いのピンクのガウンと浴衣を、小さなクローゼットの中に入れる。

「珠代、バスタオルの交換も忘れないでね、シャンプーの量の確認もよ、それから石鹸も」

「は〜い、分かっていま〜す」

珠代の声に、笑いが漏れる。

しかし、同時に、千絵子の夫が逃げ出したのは借金苦からではなくて、自分のこの押しつけがましい世話の焼き方からではなかったかと思うと、笑ってばかりもいられない。思わず頬が強張(こわば)る。

千絵子は、再びカーテンを閉め、ルームライトの明るさを調整する。準備完了だ。淡い明かりは、次の恋人たちを天国へ誘ってくれるだろう。

「ほれ、珠代、行くわよ」

千絵子は、いつまでも風呂場から出てこない珠代へ声をかける。覗いてみると、チトゥを見つけたらしく、何やら掌に乗せて、ごそごそといじくっている。風呂場でのチトゥも珍しいが千絵子は関心のない振りをする。

「珠代は、もう……。ほれ、行くわよ」

千絵子は、そう言って皺くちゃの浴衣の入った籐籠を取り上げて脇に抱えて歩き出した。

2

千絵子の相棒の珠代は、少しだけ知的な障がいがある。でも、それだからといって、仕事に差し障りがあるわけではない。むしろ、癇癪（かんしゃく）持ちの千絵子の苛立ちやわがままを、珠代だから受け入れてくれるようなことがいっぱいある。だから千絵子は、いつも珠代とのペアを望んでいる。

しかし、珠代には、千絵子が心配している癖が一つある。

「珠代……」

「うん？」

「覗きは、やめなよ」

珠代は、首を振る。

「大丈夫だよ、いつもやっているわけではないんだから。たまにだから」

「そこなのよねえ、気が向いたらやるっていうところに、意外と落とし穴があるような気がするの。そう思うと心配だよ」

「心配ないって……。珠代のたまたまだよ」

「ほらまた、そんなふうに言ってごまかす」

「ごまかしていないよ。部屋を使うお客さんはね。みんな、あのときは夢中になっているからね、アタシのことなんかに気づかないって。たとえ気づかれても、忘れ物を取りに来ましたとか、何とか言ってごまかすから大丈夫だってば。それに……」

「それに、なんなの？」

「だれかに見られるってこと、お客さんにとっても、案外と気持ちのいいことだと思うよ。そのこと、お客さんたちも知っているんじゃないかなあ」

「そんなことないよ。それ、珠代に都合のいい理屈だよ」

千絵子の言葉を、珠代は聞こえなかった振りをしている。

「珠代には、まいったなあ。いつも素直なのに、自分の都合の悪いことには、まったく耳を貸さないんだから……」

千絵子は、少したため息をつく。最後のところは、だんだんと小さな声になっていたが、そろそろ小言をいうのはやめようかなとも思う。珠代の勝利だ。

しかし、本当に珠代は、感心するほどに頑固なところがある。千絵子が羨ましいと思うほどだ。良く言えば、自分の世界をしっかりと持っている。

覗きだって、珠代に掛かると隠微さが削がれてしまう。明るい趣味の世界になってしまう。不思議なことだ。覗きって、本当は悪いことではないんじゃないか、って気にもなるからアブナイ。

千絵子は部屋に戻り、茶を継ぎ足した。バリバリと音立てて煎餅を囓りながらテレビを見ている珠代がいつもより可愛く見える。

「私は、いつから、珠代のような純粋さを失ったんだろう」

「うん？」

珠代が、テレビから視線を逸らして千絵子を見る。千絵子は慌てて首を振る。

「いや、何でもないよ。独り言よ」

「うん」

「純粋さでなく図々しさと言うべきかもしれないね」

「えっ？」

「なんでもないよ。独り言ってば」

「そうなの、変な千絵子さん」

「ごめん、ごめん」

珠代にかかったら、千絵子の方が、「変な千絵子さん」になる。本当にそうかもしれない。やばい、やばい。千絵子は笑って、珠代の傍らに座り茶を飲む。

窓から眺めるホウオウボクの緑の葉が、羽毛のようにひらひらと風にそよいでいる。珠代のように、物事を明るく考えなければいけないと思う。

珠代と同じように、千絵子にも癖がある。千絵子の癖は独り言だ。時々、勝手に言葉が口から飛び出してくる。制御の弁が外れてしまう。例えばこうだ。「あんた、どこにいるのよ」と……。

千絵子は、ヌチガフウホテルに勤めながら、ますますこの癖が増幅したように思う。そしてわけも分からずに、言葉も意味もねじれて飛び出してくる。このようなねじれた感慨を長いこと払拭できずにいる。同時にこのような名指しがたい感慨が、千絵子を支え、千絵子を滅入らせてもいる。そろそろ、珠代のように前向きに生きなければと思う。自分を棄てた夫のことなど、もう忘れるべきなんだ……。

千絵子は、窓からもう一度ホウオウボクを眺める。枝が一回り大きくなったように思う。今年も、燃えるような花弁をいっぱいに付けてくれるだろう。そう思って、目を細めた。

3

「ねえねえ、千絵子さん、こんなの見つけたよ」

珠代が、興奮した口調で千絵子に話しかける。千絵子が振り向くと、珠代は、スケッチブックのようなモノを手にとって広げ見ている。それを広げたままで、千絵子のもとに歩み寄ってくる。千絵子も思わず傍らから覗き見る。それは、「ようなモノ」でなくて、紛れもなくスケッチブックである。

「綺麗だねえ」

千絵子は、思わず珠代の広げたスケッチブックを見つめてつぶやいた。スケッチブックには、裸体の女性が、色鉛筆で何枚も何枚も描かれている。

「本当に、綺麗だね」

珠代も、うなずきながら、なおも興奮して言う。

「神様からのチトゥだね。これは」

「これはって、スケッチブックのこと？」

「違うよ、人間」

「えっ？　人間？」

「だって、こんなに綺麗だもの、人間の裸の姿」

「あんた、それで、覗きなんかしているの？」

「そうかもしれない」

「そうかもしれないって、珠代……」

千絵子は、続く言葉を探せない。

肌色の色鉛筆で描かれた裸体画は、やはり美しい。女性特有のなだらかな艶めかしい曲線を有し、金色の産毛が震えているようにも見える。

「ここで描いたのかなあ」

「ここって、ヌチガフウホテルで？」

「そう」

「さあ、どうだろうねえ」

「ここで描いたのなら、素敵だねえ、ここで描いたことにしようよ」

珠代が、スケッチブックを顔まで近づけて、食い入るように見つめて言う。それから再び、ぱらぱらとページをめくった後に、千絵子に渡す。

千絵子は、もう一度感心しながら、ページを最初からめくる。色鉛筆だと思ったが、中には、クレヨンのようなもので描いた裸体画もある。

「ここで描いたとすれば、こんなふうにして、部屋を利用する人もいるんだね、嬉しいねえ……」

千絵子は驚いた。一日ですべての絵を描いたとは思われないが、珠代が言うとおり、ここでこの絵を描いたと思いたかった。

「ねえ、ねえ、千絵子さん……」

珠代が、にこにこと笑いながら、千絵子に顔を近づけて言う。「ねえ、ねえ、千絵子さん」は、珠代の口癖だ。

「この絵を描いたのは、エッチをする前かなあ、それとも、後かなあ」

「びっくりさせないでよ、珠代。何のことかと思ったら、そんなことを考えていたの」

千絵子は、実際、珠代が何を考えているのか想像できないことが多い。珠代の想像力は、打ち上げ花火のように一気に遠くの空まで飛んで行く。そうかと思うと、いつまでも、ひとところに留まって線香花火のようにチカチカと瞬いている。

「この子は、エッチなんかしてないよ」

千絵子は、少し意地悪をしたくなった。

「しています」

「していません」

「しています。エッチをする前に描いた絵です」

珠代がムキになって、自ら質問したことに答えまで言ってしまった。

千絵子は、珠代の答えに、何か根拠があるのかなと思ったが、詮索するのはやめた。

珠代がいう「チトゥ」に、スケッチブックというのは珍しかった。客の中には、手帳や名刺、ノートや本、上着やネクタイ、なかには財布まで忘れていく人もいる。慌てて戻ってくる人もいるが、九十パーセント、忘れ物をしても戻ってはこない。戻ってくる人の中でも九十パーセントは、部屋を出ていった直後の五分以内に戻ってくる。次の客を迎えるベッドメーキングをしているその最中に慌てて戻ってくることが多い。この時間が過ぎれば、まずは戻ってこない。

「お客さん、困ってないかねえ……」

千絵子が、心配そうに珠代に話しかける。

「困ってない、困ってない」

「でも、彼女に、怒られているだろうねえ」

「怒られてない、怒られてない」

「どうして？」

「彼女には、忘れたことを黙っている」

「あら、そう……」

珠代は、千絵子と違って断定的にものを言う。しかし、そんな口振りに接していると、あるいはその方が生きやすいのかもしれないと思う。珠代から教わることは多い。

千絵子も珠代のように生きられればよいがと思う。物事を前向きに考えることができたら、どんなに幸せだろう。これまで、うじうじと生きてきたのは、夫に逃げられたからなのだろうか。どこかのネジを一本、強く締め過ぎているのか。あるいは締め忘れているのかもしれない。しかし、それがどこだかは、まだ分からない。

「この絵を描いたのは、学生さんかな?」

千絵子が、今度は珠代に尋ねてみる。裸婦は若くまだ初々しさを残している。きっと、描いた方も若い学生だろう。千絵子は、なんとなくそんな気がした。

「違います」

「ええっ?」

「この裸の線の描き方、はっきりし過ぎですよ。手の震えがありません。学生さんなら、動揺が現れますよ。そう思いませんか?」

「そうかねえ、女同士で来たかもしれないよ」

「違います。中年のオッさんが、若い子を騙したんです」

「えっ……、珠代、あんた、凄いわねえ、たまげたよ。珠代のたまは、たまげたの、たまだね」

「たまには、いいことを言うの、たまだよ。はい、シーツを広げましょう。いつまでも、おしゃべりはできませんよ。お客さんが、すぐにやって来ますよ」

珠代が、千絵子の口癖を真似る。照れを隠すように、ペンギン歩きで、ベッドの端に行く。それからシーツを広げ、ベッドの端を少し持ち上げる。

「あんた、ガクがついたねえ」

千絵子は感心して珠代を見た。ガクは学力のガクと顎力のガクとをかけたものだ。もちろん、珠代の答えがあっているかどうかは問題ではない。そんなふうに答えを言うことができるようになった珠代に感心した。ペアを組むようになってから五年余り……。珠代は、もうすぐ二十六歳になるはずだ。

「アタシね、チトゥを見てね、客の年齢とか、容姿とか、生活とか、想像するのがとても好きなんです……」

珠代が得意気に言い、風呂場に入って行く。

そうなんだ。そんなふうに楽しまなくちゃ。夫が死んでいようと、生きていようと、もう関係ないんだ。千絵子は、そう思って、籐籠から寝間着とガウンを取り出してベッドの脇に置いた。

4

電話が鳴る。同時にプレートに客室番号を表示した青いランプが点滅する。千絵子が電話を取る。客からラーメンの注文だ。

各部屋には、簡単な食事のメニューを置いている。インスタントラーメンとか、ゴーヤーチャンプルーとか、軽い食事ぐらいだと客の要望に応えられる。しかし、多くの客は、スーパーで買った店屋物を部屋に持ち込んで、二人で仲良く食べている。

客が部屋に持ち込む食べ物では、最も多いのがポテトチップなどの菓子類。その次が寿司だ。それから、サンドイッチ、その次に多いのがケーキ類。コーヒーやお茶はサービスで各部屋に置いている。部屋には湯沸かし器もあるので、好みのカップ麺などを持ち込む客もいる。

千絵子は、麺が茹(ゆ)だったところで具を入れて掻き混ぜ、卵を割り、どんぶりに移し替える。最後に海苔を添える。二人分のラーメンがすぐにできあがる。

「天国と地獄は、紙一重かもね……」

千絵子は、ラーメンを見て、ふとそんな言葉を漏らした。また独り言だ。漏らした後で、どうしてこんな言葉が出るのだろうと不思議に思ったが、その言葉を傍らの珠代に聞かれた。

「それ、どういう意味なの？」

千絵子は、困った顔で珠代を見る。

「特に意味があって言ったわけではないよ。独り言は癖なんだから。本当に、息が漏れるように、ふと無意識に出てしまうんだよ。あんたも知っているでしょう」

しかし、珠代は、なかなか納得しない。

「ねえ、天国と地獄は、ラーメンと、どんな関係があるのよ」

「だから、何も関係ないってば」

「嘘でしょう。さっき、ラーメンを見つめて、思い詰めて言っていたわよ。関係ないなら、思い詰めないでしょう」

千絵子は、困ったことになりそうだと思った。

「ラーメンなんか見つめてないよ」

「見つめていたよ」

「たとえ見つめていたとしても、関係ないんだから」

「教えてくれないのね」

「そうじゃないよ。本当に関係ないのだから」

「意地悪するのね」

「そうじゃないってば」

「じゃ、教えてくれても、いいじゃない」

「困った子だねえ」

「ラーメンの中に、天国と地獄があるのね？」

「ラーメンの中にはないよ。たとえばの話で、ここは天国と地獄が同時にやって来る場所なのかねえって思ったもんだから」

「ここって、ここ？」

「そう」

「ヌチガフウホテルのこと？」

「うん、そうだよ」

「ほら、関係あるじゃない」

「もう、珠代……、ほらラーメンが伸びるから、お願い、お客さんに早く持っていって。それから話を続けましょうね」

「きっとだよ。約束だよ」

「はい、約束です。ほら、お願いよ。お客さん待ちかねているよ」

「分かった」

やっと、珠代が諦めて、ラーメンを盆の上に乗せて、部屋を出て行く。

千絵子は、珠代の後ろ姿を見ながら、本当に、しまったと思った。同時に、なぜ、あんな言葉が急に出たのか、その理由を思い出せなかった。

さっきの珠代への答えは、急場しのぎのものだった。本当に、ここに天国と地獄があるなどと、考えていたのだろうか。

ヌチガフウホテルが天国と地獄の舞台だなんて、考えたこともない。考えたこともないことが、ポッと言葉に出るのは、実は考えてないわけではない。考えていることに気づいていないだけなんだ。これが、いつかテレビで言っていた深層心理というものなのかもしれない。

千絵子は、理屈っぽくなっている自分に苦笑しながらも、少し心を落ち着かせる。珠代が戻ってくるまでに、うまい言いわけを考えておかなくちゃと思う。

天国と地獄……。確かに、この世には天国と地獄があるような気がする。

十四、五年も前のことだ。千絵子が二十八歳になった誕生日、夫は、珍しくビールを買ってきて、千絵子の誕生日を祝ってくれた。

千絵子は、涙が出そうなほど嬉しかった。夫が父親から譲り受けた小さな電器店は不況で潰れそうになっていた。いや、いつ潰れてもおかしくないほど、たくさんの借金を抱えていた。そんな辛い生活の中での夫の思いやりだったから、なんとも言えず嬉しかった。

千絵子は、夫にビールを勧められて酔い潰れるほどに飲んだ。たとえ両手に抱えきれないほどの借金があっても、今は、幸せを抱えている。そう思った。喩えて言えば、天国にいる気分だった。夫は優しく、そして激しく千絵子を抱いてくれた。

ところが、夫は、その翌朝、忽然と姿を消してしまったのだ。置き手紙一つなかった。そして、二度と戻ってこなかった。これが地獄でなくてなんと呼べようか……。

千絵子は、やはり過去のその体験が、今でも心の中に大きな傷跡を残しているのだと思う。そう思うと、そっとうなだれて、目を閉じた。

「あんた、どこにいるの？　死んじゃったのかな」

千絵子の口から、また独り言が口をついて出る。

5

夫が失踪してから一年が経ち、二年が経ち、三年が経ち、さらに数えることをやめた歳月が流れた、上原刑事と大田刑事が来たときには、思わず夫の死体が見つかったのかと思った。

二度目に尋問に来た時には、夫が失踪したことを二人の刑事は知っていた。失踪願いを出していたので当然と言えば当然だ。その夫が戻ってきて、言い争いになり逆上した妻に殺された。そんなシナリオを描いているのではないかと思われるほど、千絵子はしつこく尋問された。嫌になった。

だが、夫が戻ってきたら素直に歓迎できるかどうか、千絵子にも自信がなかった。恨みつらみの一つや二つは言わずにはおられないだろう。そう思うと、本当に裏の畑の遺体は夫の遺体で、自分が殺したのかなと錯覚さえした。遺体の身元はまだ分からないのだ。

夫だとすれば、なぜ夫は戻ってきたのだろう。殺されたとすれば、だれに殺されたのだろう。なぜ殺されたのだろう。だれかの恨みを買ったのだろうか。まさか気の弱い夫が、恨みを買うようなことをするはずがない。

千絵子は、次々と押し寄せてくる想念を振り払うように強く頭を振った。振った後に珠代に感づかれなかったかと気になったが、珠代はテレビに夢中だ。

夫のことを、未だに思い出す自分を不甲斐ないと思った。同時に、夫のことを今でも払拭できないでいる自分を発見して懐かしく思った。過去の記憶が一気に甦ってきた。

千絵子には、信じられなかった。諦めきれなかった。あのころ、今にも夫が帰ってくるような気がして、小さな電器店を離れることができなかったのだ。

銀行からの借入は、すでに限度を超えていた。電気店を続けるために、千絵子は夫の親族へ頭を下げて金を借りた。しかし、電気器具の修理ができるわけでもなく、また専門的な知識があるわけでもなかった。千絵子一人だけでは、店は繁盛するはずもなく、借金は益々増えていくばかりだった。

最初のころは同情していた親族も、いつまでも借金の返済を行おうとしない千絵子へ、だんだんと不満を募らせていった。そして、ついには業を煮やし、悪口を言い始めた。夫が逃げたのは千絵子のせいだ。店が傾き始めたのも、千絵子と結婚してからだ。結婚して五、六年にもなるのに子どもができないのも千絵子のせいだ。よっぽど疫病神に取り憑かれている女に違いないと……。それだけではない。挙げ句の果ては、千絵子に男がいるという噂まで流れ始めたのだ。

千絵子は、どの噂にも必死で耐えた。夫が戻ってくるまでの短い間だ。何とかなると思った。しかし、なんともならなかった。夫は戻ってこなかった。潮が満ち始めたら、だれもが止めることができないように、重ねられていく苦難の日々は止められなかった。

千絵子の心の中で、夫はもう死んでしまっているのではないかという新たな不安も大きく頭をもたげてきた。夫は、もう永久に千絵子の前に姿を現すことはない。そう思うと、胸が張り裂けそうだった。浜辺に打ち上げられて、息絶えて干上がっているハリセンボンの姿が、何度も自分の姿に重なった。

そんな中で、夫らしい人物を東京で見たという友人が、千絵子の元へ訪ねてきた。それほど親しかったわけでもない友人のその言葉をすぐに信用した。千絵子は、よく確かめもせず、すべての財産を処分して、東京へ行き夫を捜す決意をした。

財産を処分して手に入れた金は、すべて銀行からの借り入れの返済に充てた。それでも足りなかった。親戚からの借金は返せるはずもなく、逃げるようにして東京へ出た。

東京では、すぐに上野駅前のレストランに就職口を見つけて働いた。その友人からは、夫が上野公園で浮浪者然として物乞いをしていたと聞いたからだ。

夫の写真を持って、浮浪者の溜まる場所を隈なく探し廻った。上野公園だけでなく、都内の他の公園へも足を伸ばした。駅の構内のダンボールの中、陸橋の下、ビルの軒下……。それだけではない。ウチナーンチュ（沖縄の人）らしき不審な人物が居ると聞けば、その場所で徹夜をして待ち続けた。新宿の人混みを、何日も何日も見つめる日もあった。いかがわしい男に因縁をつけられて殴られもした。すべてに、じいっと耐えた。ただ、ただ、夫を捜したいという一心だけだった。

「ねえねえ、千絵子さん。私に隠していることある？」

「えっ？　何よ急に……」

「隠し事、ある？」

「ないよ。隠していることなんか、何もないよ」

「本当？」

「本当だよ」

テレビに夢中になっているとばかり思っていた珠代が、急に問いかけてきたので驚いた。慌てて返事をする。珠代が不思議そうに再び問いかける。

「なんだか千絵子さん、ここ最近、よく考え事をしてるみたいだから」

「そうかしら」

「そうだよ」

「……」

「裏の畑で死んでた人、いつか話していたご主人ではないよね」

「まさか……」

「まさかだよね。ああ、よかった。なんだか心配だった」

「心配することないよ」

「そうだよね、アタシ、馬鹿みたい」

「そうだよ、馬鹿みたいだよ。もし、私が心配しているように見えるのなら、早く夫のことを忘れて、珠代みたいに明るく過ごせたらいいなあって考えていたからかもしれないよ」

「えっ、そうなの。それなら、簡単だよ」

「簡単？」

「そう、何も考えなけりゃいいよ」

「そうだね」

珠代のあっけらかんな答えに、千絵子はずっこけそうになる。しかし、なんだか正しい答えのようにも思える。

「他に心配事は？」

「ああ、よかった……。だれかと喧嘩なんかしてないよね」

「そんなことないでしょう。喧嘩する相手なんかいないんだから」

「そうだよね。ああ、よかった」

珠代は、安心したようにそう言うと、またテレビの画面を食い入るように見つめた。

珠代がそんなことを考えているとは知らなかった。確かに最近は、考えごとをする時間が多かったかもしれない。裏の畑で男の死体が発見されてから、しきりに失踪した夫のことが思い出されるのだ。

東京で夫を捜し続けて七年間、しかし、夫は見つからなかった。やがて、千絵子は、諦めて沖縄へ戻ってきた。このヌチガフウホテルで働くようになってから五年間、夫を待ち、夫を捜し続けた合計十二年余の歳月は、夫と暮らした歳月よりも長い時間になっていた。

「どうして、沖縄へ戻ってきたの？」

珠代へ、少しだけ身の上話をした後で、こんなふうに尋ねられたことがある。千絵子は、そのときも、うまく答えられなかった。今でも、うまく答えられないような気がする。

夫のことを、諦めたとも言いづらかった。雪の降る本土で寒さに身を震わせながら助けを求めている夫の姿を、何度も想像した。夫にはあり得ることだ。しぶとく、したたかに生きる強さを夫は持ち合わせていなかった。気が弱く、親族から借金をすることさえも、夫にとっては苦行のようなことだったのだ。

夫は、きっと最後はだれにも助けを求めることなく一人で死んでいくのだと思った。一緒に死にたいと思った。一緒に死なせてくれなかった夫が恨めしかった。

「東京は寒くてねえ珠代……、雪も降るんだよ。沖縄が暖かくていいと思ったさ。戻ってきた理由は、ただ、それだけだよ」

そんなふうに答えたはずだ。

東京の夜に覚えた酒を、千絵子は沖縄に帰ってきてからも、飲み続けるようになっていた。

千絵子は、思わず、ため息をついて窓の外を見る。外は、アコウクロウと呼ばれる薄暮の景色に包まれている。消えゆく昼の明るさと、やってくる夜の闇が解け合い、靄がかかったような微妙な時間帯だ。無風の景色の中で、小さな光が点滅している。

「ホタルが……」

千絵子は思わずつぶやいた。何度か尋ねてきた上原刑事と大田刑事は、死体の衣服にホタルが付いていたと言った。夜に殺されたに違いない。この近くで殺されたに違いないと……。

男の死体が埋められていた畑の傍らを小川が流れている。そこは木々が生い茂り鬱蒼とした茂みを作っている。その一角ではホタルが見られるのだ。二人の刑事は、そのホタルの飛び交うさまを見たことがあるのだろうか。犯人は、絞られつつあるのだろうか……。

テレビを観ていた珠代が、突然顔を上げて窓を眺めた。

「ねえねえ、エイサーの太鼓の音が聞こえるような気がするけど」

珠代が立ち上がって窓を開け、寄りかかって首を伸ばして辺りを見回した。千絵子も立ち上がって珠代の背後から首を伸ばし、耳を澄ます。

「本当だ、気づかなかったわ」

千絵子は、二人の刑事の思いを詮索することをやめて、珠代に向き直る。

「珠代は、耳がいいんだねえ、感心するわ」

千絵子の言葉に、珠代がうなずきながら、さらに首を伸ばして、太鼓の聞こえる方角を探している。二、三百メートル、北側にある公園の方から聞こえてくるようだ。じっと耳を澄ますと、太鼓の音と一緒に、微かに三線の音も聞こえてくる。

「ねえ、ねえ、千絵子さん、しばらく、この窓、このまま開けていてもいい?」

「うん、いいよ」

珠代の言葉に、千絵子はうなずいた。

珠代は、空を見上げたり、遠方を見回したりしていたが、やがて飽きたのか、窓を離れてテレビの前に座る。

珠代は、どうやら、天国と地獄の話など、すっかり忘れているようだ。煎餅(せんべい)に手を伸ばして、ばりばりと音を立てながら食べ始め、熱心に歌謡番組を見始めた。それだから、珠代と一緒にやっていけるのかもしれない。

千絵子はもう一度、窓から見える外の風景に目を移す。アコウクロウの時間は過ぎて、微かに風が吹いてきたようだ。ホタルが飛び交う川辺の灌木が、淡いシルエットをつくり、小さく揺れ始めている。

「どの樹も、冬になっても葉を落とさないのよねえ」

千絵子は、また独り言をつぶやいた。慌てて珠代の方を見る。珠代は気づかなかったのだろう。煎餅を食べながら、一心にテレビを見つめている。東京では、冬になると、多くの樹々が葉を落として寒さに耐える。沖縄の真夏に、東京の冬のことを思い浮かべるなんて……。

千絵子は、小さく苦笑した。それから窓を閉め、今度は用心深くつぶやいた。

「夫は、天国になんか行けないわ。きっと死んだら地獄だわ。死んで、罰を受けるといいんだわ……」

その言葉を、珠代に聞かれないように、千絵子は太鼓に耳を傾けるしぐさをしてつぶやいた。優しさだけで、天国へ行けるものか。行けるとしたら、絶対に許せない……。

千絵子はそう思った。そう思って自分が閉めた窓を再び開け、窓の外に顔を出す。頬に爽やかな風が吹き付けた。

「今晩もまた、少し、お酒を飲むことになるかもしれないねえ」

千絵子は、今度の独り言は珠代に聞かれても構わないと思った。声も少し大きくなった。しかし、振り返ってみると、珠代は相変わらず同じ姿勢のままでテレビを見続けていた。

ふと、不安がよぎった。珠代は夫のことでなくて、別なことを心配しているのではないかと……。千絵子は、少し動揺したが、このことを隠すように珠代の横に座って煎餅に手を伸ばしバリッと噛んだ。

6

千絵子は、「ゆする」なら五十男が一番いいと思っている。一番に成功の確率が高く、腰抜けが多いと思っている。夫と同じ年齢だ。それも、ある程度の地位に就いている人がいい。五十男は弱みを握られて恐喝されたら、それを隠すのに必死になる。金で解決がつくなら、すぐに承諾してくれる。もちろん、男たちの手の届く範囲内での金額だ。

ゆすりを始めたのは、いつごろからだろうか。何を契機にしていたのか。それも忘れかけている。それほど頻繁にゆすっているわけではないから、無理もないかもしれない。泡盛を飲んだ時の酔狂で思いついたことのような気もする。

しかし、ここ二、三年間、やめられなくなった。ずーっとゆすり続けている。もちろん用意周到に計画を練るが、素人のゆすりだ。失敗しそうになることもある。失敗しそうになったら、すぐにやめる。愛嬌程度に済ませて深入りはしない。

まず、ヌチガフウホテルにやって来る客の車のナンバーを、フロントの窓から確認をしてメモをする。近くのスーパーやコンビニでその番号の車を見つけたら追跡して住所や身元を確認する。それだけだ。オレオレ詐欺の時代だ。電話一本で大体はうまくいく。うまくいかないときは、さっさと諦める。車は案外と見つかるのだ。すれ違うときも駐車場で駐めているときも見覚えのある車と出会うときもある。氏名と住所が分かれば、電話番号はなんとか探し出せる。探せないときは筆跡を変えた手紙を投函する。

車の持ち主は、主婦の場合もある。そのときも電話で脅迫をし、期日を指定し匿名の銀行口座を指定する。時には現金を置く場所を指定することもある。その方がスリルを味わえるからだ。金額は四十万円までと決めている。それ以上は請求しない。また、同じ人を二度とはゆすらない。

緊張感は至るところにある。車を追跡するときも、電話をかけるときも、手紙を投函するときも、また指定した場所で現金を確認するときもだ。背筋がゾクゾクする。そんなときは、「地獄へ堕ちろ！　地獄へ堕ちろ！」と、独り言をつぶやき、自分を罵り、夫を罵って緊張感に耐える。

デパートの駐車場や、映画館のトイレなどで現金を手にしたとき、本当に、地獄へ堕ちてもいいと思うが、なかなか地獄の門は開かない。

もちろん口座振り込みが最も簡単な方法だ。口座は数か月で変更している。車の番号のメモは珠代に気づかれないように書き写している。

数日前、珠代の心配事にもしやと不安になったが大丈夫だろう。珠代は気付いてないはずだ。従業員のだれにも気付かれていないはずだ。そして、ゆする相手にもだ。ヌチガフウホテルの従業員だと絶対に気づかれないこと、これが鉄則だ。

千絵子は、一人住まいのアパートで、店屋物の食事を取り、泡盛を飲み終えた後、少しため息をつく。リモコンを取ってテレビのチャンネルを変える。プロ野球のナイター中継をしているところを見つけて、リモコンを置く。

夫は、ジャイアンツが大好きだった。そのせいで千絵子は野球のルールも覚えた。ジャイアンツがリードしているときは、営業している電気店内に陳列したテレビのスイッチを全部ONにして、ジャイアンツの中継を流していた。東京ドームへ一度は行ってみたいというのが夫の夢だった。夢は叶っただろうか……。

ワーッという大きな音に、テレビの方に目を向ける。声援を受けてダイヤモンドを一周しているジャイアンツの選手がいる。ホームランが出たのだろうが、名前は知らない。かっこよく手を挙げて声援に応えている。

夫は、やはりもう死んでいるに違いない。千絵子はそう思った。かっこよくダイヤモンドを一周する人生など、だれもが送れるわけではないのだ。千絵子は、もう一度泡盛を注いだグラスに手を伸ばすと、残りの泡盛を一気に飲み干し、また注ぎ足した。

時計に目を遣った。スナックでカクテルを飲むのも覚えた。男に誘われて一晩だけの快楽を手に入れることも覚えた。携帯サイトにアクセスし、男を誘い、ゆすった金で遊ぶことも覚えた。

お腹に目をやる。最近、とみに太ってきた。四十歳に手が届いたばかりだというのに、お腹も出始めた。中年太りだろうか。苦笑が出る。もっと身体を手入れしなくちゃ。顔の皺も延ばさなきゃ。めそめそなんかしていられないのだ。寝室に行ってクリームをいっぱい塗って、お肌の手入れをしよう。やり直すチャンスが、いつ目前に転がってくるかもしれないのだ。人生は楽しいのだ。千絵子は、そう思って注ぎ足した最後の一杯を飲み干して立ち上がった。

「他に心配事は？」

突然、珠代の声が脳裏でこだました。まさか珠代に気づかれてはいないだろう。夫の話をしただけなんだ。寂しい夫思いの妻を演じることには成功しているはずだ。他には……、何もない。このことを珠代は納得したはずだ。

ワーッと、再び大きな音がテレビの画面から流れてくる。しかし、千絵子は、もう目を向けなかった。急いで食器を流し台に運ぶと、勢いよく蛇口をひねって水を出した。

7

千絵子にゆすりをする必然的な理由など何もなかった。強いて上げれば、少しだけ派手な生活をしたいからだ。しかし、それとて必ずしも必要なわけではない。一人で食事に行き、一人でお酒を飲みに行く。そのときに、少しばかりいい服を着て、少しばかり美味しい料理を食べたい。そして女盛りの肉体を、時には慰めたいだけだ。

男を得るために、必ずしもお金が欲しいわけでもなかった。貢ぐ相手はいないし、男が欲しくなれば、スナックに行き品定めをする。欲情に駆られたら、携帯サイトにアクセスする。いずれも男の側が金を出す。世の中の仕組みは女の側にこそ優しいのだ。面倒な時には、チトゥで手に入れた大人の玩具に頼ることもある。生身の男と違って、アレは何時までも愛撫をしてくれる。

ヌチガフウホテルの日々は、寂しさを紛らわすことができる最高の職場だ。こんな優雅な生活は、夫の借金を背負っていたころには考えられなかった。この仕事は、当分辞められそうもない。

しかし、考えてみると、千絵子の人生はいつも無謀な冒険の連続だったような気がする。都会の生活に憧れて、南の島の小さな高校を卒業すると、すぐに島を飛び出して那覇で働いた。そのときから、オズの魔法使いにも描けない人生が始まった。予想もつかない喜怒哀楽の日々が始まったのだ。

父も母も、千絵子が島を離れることには猛反対した。千絵子には妹が一人いるが、両親にとっては祖母と娘二人との五人家族だ。貧しくても楽しいものだったのだろう。だが、千絵子は貧しくても楽しい生活が嫌だった。冒険のない人生は窒息しそうだった。

父は、千絵子の卒業を前に、島に進出してきた企業の一つに、ツテを頼って千絵子の就職を内定してくれた。しかし、千絵子は父の好意を断った。父は激怒したが、千絵子は妹に父や母のことを託して島を飛び出した。祖母だけが、千絵子の気持ちを理解してくれた。

「お前は、もう帰ってこなくてもいい！」

父の怒りの声を背中に聞いて、逃げるようにして船に乗った。

千絵子の憧れた那覇市での生活は、千絵子の想像以上に魅力的だった。すぐに市内の大きなデパートに就職したが、いつも心躍るような気分で毎日を過ごした。デパートでは、電化製品売り場をもつ会社に採用された。初めて目にする最新型の電気器具に囲まれていると、何だか都会の人になったような気分だった。

そこで夫と知り合った。夫は、このフロアによく顔を出す客の一人だった。もっとも製品を買うということではなく、ただ見て回るだけの客に過ぎなかった。それだけに目についた。声をかけられ、何度かデートを重ねてプロポーズされ、結婚を決意した。新婚生活が夢のように過ぎていった。結婚式には、もちろん島の両親も駆けつけてくれた。

「お前は、ここで幸せになればいい。お前が幸せになれば、父さんは、もう、それでいい」

それが父の、祝福の言葉だった。

しかし、幸せな生活は、長くは続かなかった。夫の経営する電気店の内情は、予想していた以上に悲惨だった。すぐに破局がやって来た。千絵子が気づいたときには、もう何もかもが遅かった……。

振り返ってみると、千絵子の半生は、海浜の護岸の上を、何度も足をもつれさせながら歩いてきたようなものだ。そして、足を踏み外す度に運命が変わる。落ちた場所が、右か左かによって天国と地獄の差になるのだ。

東京での七年間は、日々が地獄だった。日々が重なれば重なるほど地獄の相は険しくなった。精神のバランスを失いそうだった。自分で限界点を分かっていたのは、今考えても奇跡のような気がする。千絵子は地獄の窯の中から生還したようなものだ。沖縄の青い海を見たとき、もう二度と青い境界線は越えるまいと思った。

千絵子は、最近では、夫のことと同じように、いや夫のこと以上に両親や妹のことを思い出す。それは、よいことなのか悪いことなのか、よく分からない。しかし、島に戻るわけにはいかない。それこそ今は、千絵子の望んだ冒険のある生活の中で日々を過ごしているのだ。

「ねえ、ねえ、千絵子さん。千絵子さんの旦那さんは、どんな人だったの？」

珠代が突然、千絵子を振り向いて言う。珠代の突然の質問には、いつも驚かされる。またかと思うが、丁寧に答えなければならない。

「どうして急に、そんなことを聞くの？」

「ほら、テレビに出ているあの人、かっこいいじゃない。あの人に似ているって、いつか千絵子さん、言っていたわよ」

「ええっ、そうだったかしら」

千絵子は、顔を近づけてテレビを見る。

「まさか、冗談よ。そんなこと言ってないよ」

「言っていたよ、渋くてそっくりだって」

「言っていません」

「言いました！」

　また、珠代との言い争いが始まりそうだ。夫のことを繕って話すときに、あるいはテレビの男と似ていると言ったのかもしれないが、思い出せない。ちらちらと、スナックバーや携帯電話で出会った男の顔が数人思い浮かぶ。慌てて記憶を振り払う。夫の話をしたほうがいいのだろうか。やめたほうがいいようにも思う。

「それよりかさ、珠代、私の妹の話をしようか。三つ違いの妹だけどね。あの子、本当に真面目でさ、良い子なんだよ」

「うん、うん、聞かせて」

　珠代がにじり寄ってくる。

　千絵子は、ちらっとテレビを見て珠代に向き直る。テレビでは、刑事ドラマが流れている。最近は見ないようにしていたのだが、先ごろから気にはなっていたのだ。夫が黙って下を向いた表情は、このドラマの主人公とそっくりだった。

8

「ねえ、ねえ、千絵子さん、身元はまだ分からないんだってよ」

「えーっ、何が?」

「もう、千絵子さんたら。昨日のニュースを見なかったの?」

「だから、何がよ」

千絵子は、突然の珠代の問いかけに、うまく答えることができない。うまく答えないとしつこく聞かれる。だから問いを確認する。珠代がテレビ好きなことはみんなが知っている。テレビで流れていたニュースのことだろうが、脈絡のない問いかけに、なんのことだか、まだよく分からない。

千絵子が出勤してくると、珠代が待ちかねていたように千絵子に話しかけた。しかし、千絵子の戸惑いに珠代も黙ってしまった。

千絵子は、そんな珠代を無視したままで茶を淹れ、卓袱台の上に乗せる。それから座り込んで、新聞を手に取り広げ見る。

やがて、珠代がしびれを切らして、自らの言葉を言い継いだ。

「死体の身元よ、裏の畑で発見された……。昨日のテレビのニュースで言っていたよ。心当たりの方は、情報をお寄せ下さいって。公開捜査になりますって」

「あら、そうだったの。それは知らなかったわ」

千絵子は、顔を上げ、無理に笑った。それから、再び新聞に目を落とした。

「で……、だれだって？」

「だから、まだ分からないんだって」

「あっ、そうだったわね」

「変な千絵子さん。アタシの話を聞いていなかったのね」

「ごめん、ごめん、そんなことないわよ」

「本当？」

「本当だよ」

千絵子が、めくっていた新聞を閉じる。

珠代が、不思議そうに千絵子に近寄ってきて、顔を覗き込むようにして見つめる。

「ど、どうしたの？」

「千絵子さんが、犯人なの？」

「な、何言ってるのよ、珠代は……」

「とぼけている？」

「とぼけてなんかいませんよ」

「話題を避けている？」

「避けてなんかいませんよ」

千絵子は、顔を上げて珠代を見た。珠代は、千絵子にあれこれと尋ねながら、自分が泣き出しそうな顔になっている。

「どうしたの？　珠代」

珠代の目から、大粒の涙がこぼれた。

「珠代、どうしたの？」

千絵子は、慌てて珠代に向き直った。腕を掴み、顔を伏せた珠代を見つめる。珠代の想像力は、時々、突拍子もないところまで飛んでいく。

「アタシの家にも、あの刑事たちが来たのよ」

「えっ？　本当なの？」

「うん……」

「どうして？」

「その日は、どこにいましたかって……」

「その日って？」

「殺人があった日。死体を埋めた穴は浅いので、女が犯人だという可能性もありますって」

「……」

「アタシ、殺人犯にされているのかなっと思って、怖くなって……。ウチの人もアタシも、刑事の質問に、うまく答えられなかったので、心配で……」

「大丈夫、大丈夫、心配ないって」

千絵子は思わず、珠代を抱き締めた。脈絡のない話かと思ったら、しっかりと脈絡のある具体的な話だ。しかし、心配することではない。珠代に人が殺せるわけがない。

「一人で無理なら、ウチの人と二人でヤッタのではないかって。ウチの人も疑われているみたいで」

珠代の肩の震えが、千絵子の胸に伝わってくる。熱い涙が千絵子の上着の胸を湿らせる。

「大丈夫、大丈夫、絶対、大丈夫だよ、珠代。刑事はお仕事だから珠代の所まで行ったのよ。心配ないわよ。私が保証するよ。あの日は私と一緒にこの部屋にいましたよって」

千絵子は、目の前の珠代の短い髪を撫でながら、珠代を落ち着かせる。珠代の髪の匂いが、鼻を刺す。なんとなく色っぽい。こんな時に、このようなことを考える自分は不謹慎かなと思い苦笑する。それだけに、珠代の無罪に自信があるということだ。

珠代の心配は現実のことだが、現実離れしている。そう考えると、また不謹慎な笑みがこぼれる。

「でも……」

千絵子は、こぼれそうになる言葉を慌てて押し止める。

でも、どうして、刑事は珠代の所へ行ったのだろう。珠代より先に、自分の所に来てもいいはずだ。千絵子の家へ二人の刑事が訪ねてきたことはない。

確かに珠代の想像力は、突拍子もないところへ飛翔する。そして、時には脈絡のない行動も引き起こす。覗きという大胆な行動もその一つだ。しかし、殺人には至らないはずだ。秘密を守れず、隠し事の嫌いな珠代から、動機は考えづらい。

まさか、警察が疑っているとおり、珠代の夫と共犯、ということもないだろう。でもあり得ることかもしれない。

千絵子の脳裏に、共犯という言葉が浮かぶと、想像力は止まらなくなった。珠代の覗きがばれて男から脅迫されていたとしたら、どうなるんだろう。珠代が、夫の一郎に殺人を依頼したら、どうなるんだろう。珠代が男に犯されそうになったら、一郎は男を殺すだろうか……。

千絵子は本当に苦笑して、次々と浮かんでくる悪いシナリオを追い払った。どれも自分にも当てはまることだ。珠代に特別なことではない。

「大丈夫だよ、珠代、心配ないよ」

千絵子は、珠代の短い髪に指先を入れて優しく撫で、もう一方の掌で、肩を小さく叩き続けた。

珠代は、やがて息を整え、涙をぬぐい、千絵子の胸を離れた。そして、小さな笑顔を浮かべて千絵子に礼を述べた。

千絵子は、珠代の目の前に、卓袱台(ちゃぶだい)の上の茶碗を引き寄せて茶を淹れる。

「はい、お茶よ」

「うん、もう大丈夫」

珠代は、目を大きく見開いて、茶を飲んだ。

「それにしても、刑事は馬鹿だね。珠代の所に行くなんてね、ピント外れも甚(はなは)だしいよね。こんなことをやっていると、犯人はいつまでも捕まらないね」

「アタシはね、アタシではなく、一郎が捕まるのではないかと思って心配なの」

「えっ?、どうして……」

「ウチの人、アタシのためには、なんでもやってくれるから」

「えっ?」

「だから、アタシのために人殺しをやったのかなって思って、怖いの」

「それって、何か心当たりでもあるの」

「うん、あるよ」

千絵子は驚いた。

珠代が、再び泣き出しそうな顔をして言う。

「アタシね。変な男に、家まで付きまとわれたことがあるの。それが何度かあったので、心配になって一郎に話したの。そしたら一郎が庭の隅に隠れていて、ついてきた男を、丸太ん棒で殴って、やっつけたことがあるの」

「えっ、そうなの……」

「男は逃げ出したんだけど……。仕返しにやって来て、一郎がその男を殺して、埋めたんじゃないかなって思って怖くなったの。一郎は、アタシのことが心配だって、時々ヌチガフウホテルまで迎えに来てくれていたからさ。その男と鉢合わせたりしなかったかなって思って。もちろん、一郎にも尋ねたけれど、そんなことないって」

「そうなの、ちっとも知らなかったわ……」

「このこと、警察には言ってないんだよ、怖いから」

「そうなの……。でも大丈夫だと思うよ。きっと一郎はやっていないよ。人違いだよ」

「うん、そうだよね」

珠代のうなずきに、千絵子は、しかしと思う。珠代の不安は具体的で、男につけ回されていたんだったらあり得ないことではないようにも思う。珠代の話が急に信憑性をもって立ち上がってきた。この不安を慌てて打ち消した。

「でもさ、珠代の所より、警察は私の所に来るのが先だよね、私の所には、まだやって来ないんだよ。私には、ここで聞き取りをしただけだよ」

「うん……」

千絵子の言葉に、珠代がうなずく。うなずかなくてもいいと思うのだが、そこが珠代らしい。

「千絵子さんも、何か心当たりがあるの？」

「いや、ないよ、ないない」

千絵子は、思わず首を振り、目の前で右手を振って否定する。

「そう、よかったね」

「うん、よかった」

千絵子はそう言って、胸を撫で下ろす。

珠代は、それ以上、追及してこなかった。胸に、わだかまっていた不安を珠代は吐き出したので、ほっとしたのかもしれない。目の前の煎餅に手を伸ばし、一囓りした後、テレビのスイッチを入れた。大好きな歌謡番組のチャンネルを見つけると、すぐに笑顔をこぼしながら、身体を揺すり、拍子を取った。頭のチャンネルも、スパっと切り替えたのだろう。若い子の気持ちは、はっきりしていていいと思う。

千絵子は、そう思いながら、再び新聞を手に取って広げ見る。珠代に気づかれないように、今度は、二、三日分の新聞をも引き寄せて事件の記事を探す。やはり載っていない。事件の進展はないのだ。

9

千絵子は、珠代を励ましたものの、気になることが一つあった。「心当たりの方は、情報をお寄せください」の、情報になるかも知れない。珠代が不安を口にしたときにも、このことは頭に浮かんでいたことだ。珠代に、もしものことがあればともかく、現時点では、警察に申し出ることにはためらいがあった。

警察が、発表していた被害者の身長、体重、服装、年齢などは、ほぼ一致していた。あの晩、酔いの勢いで、思わず一夜を過ごしたあの男だ。警察が推定している男が殺されたひと月ほど前のことだ。期日は、ほぼ重なり合うのだ。

千絵子は、夫のことを考えると、いつものように不満が高じて苛立ってきた。そんな気分から久しぶりに居酒屋へ行った。いつもだと、そんな気分が起こっても、一人でわが家でビールを飲むのだが、情欲の小さな火種もくすぶっていて、それを消したかった。

カウンターの隣の男も一人で、泡盛を美味しそうに飲んでいた。白い上下のスーツが、どこかアブナイ組の者かなという不安も覚えさせたが、爽やかな清潔感をも醸し出していた。カクテルを奢られて、いつの間にか、親しく話し合っていた。

男は東京からの観光客だと言った。沖縄が気に入ったが、すぐに帰らなければならない。数年前に、沖縄出身の恋人と、横浜で一緒に暮らしていた。別れた恋人のことが忘れられないというロマンチックな話をしてくれた。

男の言葉は丁寧で、礼儀正しく、話題も豊富だった。千絵子が数年間、東京で暮らしていたことを話すと、すぐに相づちを打ち、同じ話題で一気に盛り上がった。

千絵子は、四十を過ぎたという男の年齢や、すぐに東京へ帰るという行きずりの男という気安さもあって、思わず無防備になった。一夜を過ごすラブホテルは、ヌチガフウホテルを選んだ。

男の行為は、少し荒々しい気もしたが、酔った身体に気になるほどのことではなかった。久しぶりの男の肉体に千絵子は満足して、何度か声を上げ身体を仰け反らせた。あの男の風体に、警察が発表した特長は似ているのだ。

千絵子は、かすかに波立った胸の動悸を沈める。死体の特徴は分かっても身元はまだ分からないのだ。もちろん、あの男ではないかもしれない。もし、あの男だと分かったら自分が疑われるのは間違いない。あるいは、遺体が地元の人であっても、容疑は千絵子にまで及んでくるかもしれない。五十男のゆすりで、へまなんかした記憶はないが、遺体はヌチガフウホテルの近くから発見されたのだ。

千絵子は、そう思いながらも、自分や珠代に降りかかりそうな疑惑を振り払った。世の中、一寸先は分からない。天国だと思っていた幸せも、一晩寝たら翌朝には地獄に変わる。地獄もまた天国に変わる。何度か経験したことだ。自分から動くことはない。今は流れに身を任せるのが得策なのだ。

千絵子はもう一度苦笑して、珠代を見た。

「珠代……、裏の畑にホタルが出るの、知っている?」

思いがけない言葉が、千絵子の口から漏れていた。

「えっ?　どこの裏?」

「ヌチガフウホテルの裏の畑さ」

「知らないよ」

「あら、本当?」

千絵子は、フロントの窓から眺めたホタルの光に誘われて、珠代に内緒で、そーと抜け出してホタルを見に行ったことがある。小川の流れる畑沿いの藪の中から、たくさんのホタルが飛び交っている光景を目にして驚いたことがある。幼いころ、祖母と一緒に田舎で見た光景と同じだ。島を飛び出して数十年になるが懐かしかった。しばらく、その場所を動けなかった。以来、フロントからホタルが飛んでいるのを見つけると、時々その場所に行く。

「いつか、一緒に行ってみようか」

「どこへ？」

「ホタルを見にさ」

「うん、行く、行く。今でもいいよ」

「今は、駄目だよ、お客さん、部屋にいるもん」

「そうか」

「そうだよ。それに、ホタルの季節は、もう終わったかも」

「あれ、そうなの。ホタルに季節があるの？」

「もちろん、あるさ。五月の初めごろかな」

「ああ、残念……」

「うん、今年はもう終わったかもね。また来年だね」

「そうなの……、もう、期待させて、千絵子さんったら」

珠代が不満そうに頬を膨らませる。自分が警察に疑われたことは、すっかり忘れている。千絵子も、忘れたいと思った。他のことを考えたいと思った。

「そうだ、仕事、君枝さんたちと交代したら、一緒に見に行こうか」

「何を？」

「ホタルをさ。まだ、飛んでるかもしれない」

「あれ？　本当なの？　うん、賛成だよ。アタシ、覗き、専門だよ」

「覗きじゃないよ、ホタルを見に行くんだよ」

「それも、同じ！　蛍の覗き！」


珠代が、幸せそうな声をあげる。

同じでないような気がするが、千絵子は、珠代の笑顔を見ながら同じでもいいと思った。

それから　故郷の小川で見たホタルの大群のことを思い浮かべていた。祖母は、良い行いをして死んだらホタルやハベル（蝶）になると教えてくれた。古くからの島の言い伝えだという。私はどちらにもなれないだろう。そう思うと苦笑がこぼれた。

死んだ祖母は、ホタルになったのだろうか。それともハベルになったのだろうか。懐かしい祖母の姿も思い出していた。

10

南国とは言え、夏の季節が終われば、夜はやはり冷え込んでくる。それはヌチガフウホテルでも同じだ。

千絵子と珠代の今月からの当番は、深夜の十二時から朝の八時までだ。朝番の君枝たちが来る前に冷え込みがやって来る。夏には、この時間がもっとも爽やかな時間になるのだが、夏が終わるとそうでもない。

この時間は、また泊まり客が帰っていく時間帯でもある。ここからまっすぐ会社に出勤すると思われる客も多い。数年前までは、朝食としてサンドイッチや目玉焼きの注文などもあり、結構忙しかったのだが、最近ではそれほどでもない。

同じように、数年前までは、料金の支払い口から手を差し伸べてチップをはずむ客もいた。それも全く途絶えてしまった。それが本来の姿だと言われればそれまでである。しかし、愛想がないと言えばまったく愛想がない。ラブホテルの客に愛想を求める千絵子たちの方がおかしいのだろう。

珠代は、金銭の授受は一切しない。「怖い。怖い」と言って、千絵子に任せっきりだ。何が怖いのか。千絵子には分からない。どうやら面倒なことが過去にあったようだが、詮索はしない。珠代を傷つけることになりそうだからだ。

「ねえねえ、千絵子さん……」

珠代が、奇妙な声を出した。何だか甘えるような若々しい声だ。こんな声がどこから出てくるのだろうか。不思議な気がした。

「千絵子さん、一緒に買い物にいかない?」

珠代の声が、すぐに元に戻っている。珠代は新聞の折り込みのチラシを見ながら話している。

「ねえねえ、千絵子さん、一緒に行きましょうよ。いつか千絵子さんと一緒に買い物に行きたかったんだ。それがアタシの夢。ねえ、いいでしょう?」

そう言えば、珠代とはペアを組んで数年が経つのに、一緒に二人だけで外出したことは一度もない。食事をしたことも、買い物をしたことも、一度もない。夫のいる珠代に、千絵子が遠慮をしたからだろうか。それにしても、自分と一緒に買い物に行くのが珠代の夢だなんて、考えてもみなかった。

「随分安っぽい夢なのねえ、珠代の夢は……」

「安っぽくないよ、それでいいのよ」

「本当にそれでいいのかなあ。で、珠代は何か買いたいものがあるの?」

「あるよ」

「何?」

「デジカメ」

「デジカメ?」

「そう。ええーと、何とかカメラ」

「デジタルカメラ」

「そう、デジタルカメラよ。そのデジタルカメラのこと、アタシあんまり知らなくてさ。千絵子さんに選んでもらいたいんだ。千絵子さん、電器店で働いていたんでしょう?」

「電器店」という言葉に、千絵子は驚いた。電器店という言葉は、夫が失踪してからタブーのように閉ざされていた言葉だ。また、電器店に近づくこともできるだけ避けていた。複雑な思いが千絵子の脳裏を駆け巡る。

しかし、珠代の言葉を無下に断るわけにもいかない。一度ぐらいは、珠代と一緒に食事をしてもいいはずだ。千絵子もそう思っていた。そろそろ、タブーを解いてもいいころかもしれない。少しだけ贅沢に、少しだけ着飾って……。

でも、デジタルカメラのことは、千絵子も詳しくは分からない。電器店ではあったが、カメラ店ではなかった。またデジタルカメラは電気店で売っているのかもよくは分からなかった。十数年前はデジタルカメラなどの話題もなかった。当時から現在までの十年間が珠代の頭では吹っ飛んでいる。珠代が、よくやるポカだ。でも、珠代はなぜデジタルカメラが欲しいのだろう。

千絵子より先に珠代が言う。

「アレに言ったけれどさ、アレは、興味なさそうだし……」

「アレ？　アレって、だれ？」

「アタシの旦那さまの一郎」

「あっ、そうか……」

「だから、千絵子さんに、一緒に行ってもらえないかなあと思って」

「そうか、それなら、一郎も誘って、三人で一緒に行こうよ」

「えーっ？」

「そうしようよ。そして、帰りに一緒に美味しい食事でもしましょう。少しばかり着飾ってね」

千絵子は、思わずそんな言葉を漏らしていた。

思いもよらない言葉が、やはり時々口から出る。一寸先は闇だというけれど、口から出る言葉も闇だ。

「嬉しいわ……」

珠代が身体を揺すりながら、本当に嬉しそうに立ち上がる。手のひらには、デジタルカメラのチラシが握られている。

「でもね、珠代。私も、デジカメのこと、あんまり知らないのよ」

「いいの、いいの。店員さんに聞けばいいのだから。千絵子さんが一緒に行ってくれるだけで嬉しいの」

「何、それ」

千絵子が笑顔を浮かべて目を細める。

「千絵子さん、有り難う。嬉しいなあ。一郎も、きっと喜ぶわ」

珠代が、両手を脇に付け、ペンギン歩きをして、部屋の中を、ぐるぐると回り始めた。少女のようにおどけている。珠代が嬉しいときに、よくやるしぐさだ。

珠代は、小学生のころ、家族旅行でお父ちゃんに連れて行ったもらった「長崎ペンギン水族館」のことが忘れられないという。水族館にはペンギンがたくさんいて、ペンギンが大好きになった。特に白い首に黄色い輪をつけた皇帝ペンギンが大好きで、水族館を出るころは、もうペンギンを真似てよちよち歩きを始めていた。お土産店でも皇帝ペンギンのぬいぐるみを買ってもらった。今でも大切にしている。

珠代はそんなことを千絵子に話したことがあった。嬉しいことや辛いことがあると、ペンギンの真似をして歩いた。今でもぬいぐるみを胸に抱いて寝るのだと……。

千絵子は、そんな珠代の姿を見て、思わず笑い声をあげた。何だか幸せな気分だ。ここは天国なんだ。

「私ねえ、珠代。私もね、買いたい物があったんだ。ちょうどよかったよ」

「何？　千絵子さんは、何が買いたいの？」

「私はね、パソコンだよ。パーソナルコンピュータ。パソコンでも買ってね、いろいろと試してみたいと思っているんだ。インターネットとか、ワープロとか……。退屈しのぎだよ。でも、書き残しておきたいものもあるしね……」

千絵子はそう言った後で、本当にそう思っていたような気がした。夫の人生も、千絵子の人生もだ。取るに足りない小さな人生かもしれない。しかし、それぞれが闘ってきたかけがえのない人生だ。少なくとも千絵子にとっては失ったものを埋めようとして闘ってきた人生だ。自分の人生は、自分以外のだれもが語ることはできないのだから。

自分の人生を、いつの日か文字に残して書き留めておきたい。ホタルやハベルになれない人生でも、無二の人生なのだ。そんなふうに思ったことが一瞬であれ、あったような気がする。そして、祖母の人生もだ。

祖母は小さな島で戦争を体験し生き延びた。集団自決という悲劇を潜って生き延びてきた……。祖母の優しさに触れる度に、祖母の優しさの原因を考えてみた。戦争を生き延びてきた体験者の優しさだ。そろそろ、祖母の戦争体験を、書くべきときなのだ。

「どれ、パソコン教室への申込みのチラシもあったわよね」

千絵子は、そう言って部屋の隅に重ねているチラシをめくり始めた。

千絵子の言葉に、珠代がさらに激しく手をばたつかせ、興奮気味にはしゃぎだした。

「アタシ、嬉しいなあ。アタシも、パソコン買おうかなあ。ペンギンさんも喜んでいるよ」

珠代は、今度はスキップを踏むようにして部屋の中を歩き始めた。

千絵子も、珠代のしぐさを見て、はしゃぎたくなった。立ち上がって両手を脇につけた。

「ねえ、珠代、どうすればそんなふうに歩けるの？　珠代のペンギン歩き……」

珠代は千絵子の言葉に、さらに大きなスキップを踏む。しかし、立ち止まって教えようとはしない。何か奇妙な声を発しながら、ペンギンのようによちよち歩いているが、千絵子には聞き取れない。千絵子は尋ねる言葉を代える。

「ねえ、珠代はどうしてデジカメを買いたいと思ったの？」

「美しいものを撮るためだよ」

「美しいものって何？」

「神様がプレゼントしてくれたもの。いっぱいあるよ」

「いっぱいあるんだ」

「そう、いっぱいあるよ」

千絵子は、少しだけ安心した。そして思い切って手をばたつかせて、歩いてみた。なんだか、空をも飛べるような気分だった。

第三章　珠代の秘密

1

人間の裸体は、美しい。いつ見てもそう思う。神様が作った最高の傑作だ。その傑作が二体で、互いに絡み合っている姿は、なお美しい。余計な詮索はいらない。男女の愛し合う行為は、神様からの大きな贈り物だ。

ベッドの上の裸体は、背中が最も美しい。その次は首筋から肩の線だ。脇から腹部にかけても赤子のような乳肌で思わず触れたくなる。腕や脚は、なよ竹のように撓り、蔦（つた）が絡まるように交差する。背中の稜線が優しく蠕動（ぜんどう）する。股間の膨らみは湖面に咲くハスの花のようだ。臀部の動きは、隆起する馬の筋肉を思い出す。

珠代は、男女の愛し合う行為を覗き見るようになってから何年ぐらいになるか考えてみる。考えることは苦手だが、記憶を紡ぎ出すことはできる。このヌチガフウホテルに勤めるようになってから五年ほど経っているから、およそ二年ほどか……。

しかし、何度見ても本当に飽きることがない。それぞれの男女は、それぞれの肉体を持っている。その一つしかない肉体で行う愛する行為は、同一の軌跡を描いているようで微妙に違う。覗き見るという行為は緊張感がある。スリリングな背徳心と相乗して、珠代を刺激する。相乗し合うのは、もちろん背徳心だけではない。様々な理由を有した美しい天国と淫靡な世界の両極を想像する楽しみだ。

ラブホテルのドアは、たぶんその多くが内側からも外側からも二重構造になっている。ヌチガフウホテルも例外ではない。外側からの入り口は、まず車を車庫に入れてシャッターが閉じられる。閉じられると自動的に部屋の入口の二つ目のドアが開く。開くと玄関を擬した空間があり、そこを通るとベッドの置いてある部屋がある。その仕切りに、もう一つのドアが付いていることもある。このドアは、例えばガラスなどを使った開放的なドアが多い。

内側の廊下側には、珠代たちがベッドメーキングや清掃のために出入りするドアがある。ドアの近くには、金銭を授受する小さな格子窓がある。ここは小さなカーテンを掛けられたガラス張りの遣り戸になっていることが多い。ここからは、密かに中の様子を窺い見ることもできる。

珠代は、目星を付けた部屋の前に来ると、まずこの格子窓から中の様子を窺う。そーっと小さなガラス戸を開け、小さなカーテンをつまんで左へ押しやる。覗くと中の仕切りのドアは、ほとんど開け放たれたままになっている。もちろん、閉まっていたら見ることはできない。その時は潔く諦める。

客のすべてが、その行為に夢中になっており、珠代のことなんか気づかない。行為の途中でベッドを降りる者は、ほとんどいない。終わった後も、すぐにベッドを出る者は少ない。解放感からか、ベッドの上で小さく押し寄せてくる快楽の余韻に浸っているからなのか、心地よい疲労感に全身を委ねている。その間に、珠代はそーっと部屋を離れる。

まだ一度も失敗はしていない。失敗をしないコツは、やはり無理をしないことだ。客は毎日押し寄せてくる。チャンスは限りなくある。さらに、覗きは毎日やるわけではない。あるいは、毎週というわけでもない。気が向いたらそーっと部屋を覗き見るだけだ。格子窓からだって十分に楽しめる。

珠代は、美しい裸体に目を凝らす。その行為だけで潤ってくることもある。服を脱ぎ、乳房が露わになる。抱き合った後で、かすかに声が漏れる。重なったままで、剥き出しの裸体が回転する。時には遠慮のない声が響く。男の背中が淡い光の中で輝き、腰がゆっくりと波を打ち始める。シーツがめくれて、草原で交尾する荒々しい馬の尻が見える。そのとき、珠代の身体は、潤った心と共にしなやかに草原を駆けている……。

2

「ねえ、珠代……、あんたたち、子どもはまだなの？」

相棒の千絵子が、珠代に問いかける。答えが面倒なのは無視した方がいい。時計を見る。朝の六時だ。夫はまだ寝ているだろう。

珠代には夫がいる。名前は山田一郎。結婚して三年になるから、そろそろ子どもができてもいいはずだが、その兆しはいっこうにない。できないようにしているわけではないから、そのうちにできるだろう。珠代は、そう思っている。珠代に焦りはないが、そろそろ周りがうるさくなってきた。

親戚の者は、子どもがいたほうが、どれほど楽しいかと、直接に、あるいは遠回しに珠代に言う。しかし、だからといって、こればかりは手伝ってもらうわけにもいかない。

珠代も一郎も、このことに必死になっていないからだろうか。珠代は、子どもが授かればそれでいいし、授からなければ、それでもいいと思っている。一郎もそう言ってくれている。気楽にコウノトリを待つだけだ。

あるいは、一郎にも珠代にも、少しだけ障がいがあるからなのか、親戚の者も、少しだけ遠慮がちに言っている。

しかし、千絵子は違う。無遠慮に珠代に言う。

「珠代、頑張っているんだろうねえ。若いうちに生めるものは生んでいた方がいいんだよ。まさか避妊なんかしていないでしょうね」

生めるものは生んでいた方がいいだなんて……。千絵子は、子どものことになると途端に言葉遣いが荒くなる。千絵子は、結婚して間もなく妊娠した子どもを流産してしまったということがあるからだろうか。千絵子は、この話をするときは決まって涙ぐむ。

千絵子は四十歳を過ぎている。まだ自分で生めるかもしれないのに結婚しようとはしない。まさか、アタシの子どもを育てようというわけでもあるまい。

「珠代、赤ちゃんができたら、私が面倒見てもいいのよ」

「ええっ？」

珠代は、考えていたことを、いきなり言われて驚いた。だから考えることは嫌なんだ。

「何も、そんなに驚くことないでしょう。冗談よ、冗談」

千絵子が大声で笑った。

しかし、珠代は珠代で、千絵子にそう言われて、逆に赤ちゃんができたら、千絵子に育ててもらおうかなという気持ちが沸いてきた。不思議な心の動きだ。慌ててその動きを取り消す。

「アタシ、頑張っているんだけどねえ、なかなかできないんだ」

珠代は、一応そう言ってみる。

「そう、それならいいんだけどね。なんだかあんたは、一人で楽しんで、一郎を置いてけぼりにしているんじゃないかなと、気になったもんだからね」

「置いてけぼりになんかしていませんよ、夜、昼、二人で頑張っていますよ」

「そう、それならいいんです。夜、昼、頑張らなくてもいいんです」

千絵子が楽しそうに大きな声で笑って茶を飲んだ。

珠代は、あまりにも楽しそうな千絵子の笑顔を見て、本当に千絵子は自分のことを心配してくれているのだろうかと思った。ただ自分のことを冷やかして楽しんでいるに違いない。いや、やはり自分の将来のことを心配してくれているのだろう。なかなか今日は考えがまとまらない。

考えることが苦手な珠代だが、考えることは、たくさんある。しかし、途中で考えることをやめ、答えを曖昧にしたまま投げ出すことが多い。赤ちゃんのことも、あまり根をつめて深く考えないことにする。

世の中は、考えようと思ったら考えることが多すぎる。考えすぎると気が滅入ってしまう。例えば世界の平和なんて、アタシには、荷が重すぎる。アタシはアタシのことだけでも精一杯なんだから。無理をせずに、みんながそうしているように、世界のことは政治家やお偉いさんに任せておけばいいんだ。

珠代は、そんなふうに思って大好きな煎餅を口に入れて、ばりっと噛んだ。

3

夫の山田一郎とは特別支援学校で知り合った。一つ年下の後輩だ。学校にいるころからそうだったけれど、一郎は自己主張をほとんどしない。仕事に出る以外は四六時中家に閉じこもっている。結婚してからも珠代のいいなりだ。結婚をしようと言ったのも珠代だ。

もっとも一郎は、聴覚に障がいがあり、話すことがやや苦手だった。一郎の趣味と言えば、テレビのスポーツ番組を見ることとぐらいである。

そんな一郎に比べて、珠代は陽気でおしゃべりだ。身体を動かすことが大好きで、機会を見つけては、いつでも外に出ようと、一郎の様子を窺っている。好奇心が旺盛で、何でも試してみる。そんな性格だった。

「一郎は、珠代に騙されたんだねえ。可哀想にねえ」

二人の結婚が決まったときも、口さがない周りの者たちの噂だった。

そんなふうに一郎に同情する声は聞かれたが、珠代に同情する声は聞かれなかった。たぶん、百年経っても珠代への同情はないだろう。二人の性格は、それほどに際だった違いを示している。

　また、一郎の家は貧しかったが、珠代の家はそれほどでもなかった。むしろ裕福と言っていい。珠代の父は市役所に勤めていたが、米軍基地内に土地を有する軍用地主だ。手に入るお金でアパートも建築し経営していた。すべて順調だった。

　珠代は、五人兄妹の一番下で、珠代だけが少し知能に障がいを持って生まれた。両親は、なぜ珠代だけがそのようにして生まれたのか原因が分からなかった。医者もまた、両親と同じように首を傾げるだけだった。

　両親は、珠代の将来にやや不安を覚えていたが、それは杞憂に過ぎなかった。珠代はいつでも快活で明るかった。自分の将来を悲観することは一度もなかった。特別支援学校へ通い始めても、その性格が揺らぐことはなかった。逆に、男の子を泣かせて、男の子の両親に自宅に押しかけられることもあったぐらいだ。

　珠代の兄と姉たちは、それぞれ大学を卒業して全員が自立している。珠代も早く自立したかった。一郎の卒業を待ってすぐに結婚した。結婚することも、珠代にとっては自立することの一つだった。

　珠代が結婚を決めた後も、両親は珠代に家を出ずに一緒に住もうと言ってくれた。一郎にも家に来てもらいたいと盛んに勧めていたのだが、珠代が頑なに断った。

両親の住む家を出て生活したい。みんなと同じように働きたい。そんな珠代の欲求は、だれも止めることができなかった。

珠代は、しぶる両親を説き伏せて、父の遠縁に当たるヌチガフウホテルの経営者である藤田さんの娘さんに自分から電話をした。父は苦笑して、働くことを承諾してくれた。

結婚生活は、父の意向を聞き入れて、父の経営するアパートの一室を貸してもらった。それが父の許す結婚の条件でもあった。市役所職員として、やがて定年を迎える父を、あまり心配させたくはなかった。

家を出ていくときに珠代が両親に言った言葉だ。

「二人で頑張れるからね、父さんたちは、なんにも心配しないでいいからね」

珠代の宣言どおり、一郎との結婚生活は順調だった。ただ、二人の結婚生活が続いても、一郎の内向的な性格は変わらなかった。

一郎は結婚をしてから、珠代の父の紹介で、パン屋さんで働くようになった。もちろん珠代には、このことに異論はなかった。一郎も喜んで働いた。珠代には、それがやや不満だった。

一郎は真っすぐに職場に出掛け、真っすぐに家に帰ってくる。レールの上を走る電車のようなものだ。帰ってきたら、車庫から真っすぐに居間に直行して座り、テレビのチャンネルを四六時中回してはスポーツ番組を見つけ、瞬きすることをも惜しんで画面に目を凝らしている。

スポーツなら、なんでもＯＫだ。

テレビは、両親から結婚祝いにと、大型画面のテレビをプレゼントされた。

「あんたは、アタシと結婚したのでなくて、テレビと結婚したんだよねえ」

珠代が、そんなふうに冷やかしても、一郎は、やはりテレビを見続けることをやめようとはしなかった。

4

珠代は、千絵子と一緒にパソコン教室に通うようになってから、世界がまた一回りも広がったように思う。

「パソコンでも、習ってみようかしら」

千絵子がぽつんと漏らしたその言葉に、むしろ珠代がしつこく食い下がって、千絵子と一緒にパソコン教室に通うことを決めた。

珠代は、教室に行くと、ワープロの操作よりもインターネットの操作に興味を持った。キーを一つ叩くだけで、目の前のディスプレイに様々な未知の世界が映し出される。インターネットの世界は感動的だった。

「ねえ、ねえ、千絵子さん、見て見て。ほら、すごいよ」

画面が変わるたびに、珠代は傍らの千絵子に、そんなふうに叫んで周りの受講生の顰蹙を買った。それでも珠代は驚きを隠さなかった。

珠代と千絵子のパソコン教室への通いは、始まったばかりであったが、千絵子は二週間ほどでパソコンを一台購入した。しかし、珠代は少し迷っていた。パソコンを家に置くと、やがては一郎が興味を示すことだろう。そうなると一郎はますます家に閉じこもるようになるのではないか。このことに気づいたからである。教室へ行く前には考えてもみなかった心配だ。

隠し事が嫌いで、思ったことをズバズバ言う珠代は、この不安を直接に一郎に言う。

「ねえ、一郎……。あんた、パソコンに興味ある?」

一郎は、怪訝な表情を作った後、顔の前で大げさに両手で×印を作って笑顔を見せた。

「そうだよねえ、あんたはテレビがあれば何もいらないよねえ」

一郎は、今度も笑って頭の上で大きく○印を作った。

しかし、○×で答えたからといって、購入したら一郎にパソコンを使わせないわけにはいかないだろう。家に居る時間が珠代の勤務時間の変動で重ならないときもある。四六時中、一郎を見張っているわけにもいかないだろう。また、一郎は珠代の顔色を窺って○×の返事をするから、それが一郎の本心かどうかも疑わしい。

一郎がパソコンを使い始めたら、珠代と同じように、一気に興味を持つかもしれない。一郎は多くのことに興味は持たないが、持ったものには集中する。テレビの前に座るのと同じようにパソコンの前にも座り続けるかもしれない。そうなると、さらに出不精になってしまう。それが気がかりだった。

珠代は、今の生活に多くは満足している。今のままの一郎に不満はない。一郎は何でも珠代の言いなりだ。一郎だって、今の生活にきっと満足しているはずだ。パソコンの出現で、今の生活を壊されたくはない。今の一郎に変わって欲しくなかった。

「一郎……、ねえ、いい？」

一郎がうなずく。珠代は、一郎に擦り寄り、抱き寄せながら背中を撫で、頬を撫でる。一郎の髪は、ずーっと昔と同じままで短く刈り込んでいる。

珠代は、頭のてっぺんから足の爪先までゆっくりと一郎を手で撫でる。若い一郎の肉体はすぐに反応する。ベッドに誘うのも珠代の方からが多い。

珠代は、覗き見た客の姿態を想像し、一郎と試してみることを至上の喜びとしている。一郎は珠代にされるがままになっている。珠代の手が一郎に触れ、一郎の手が珠代に触れる。背中に触れ、臀部に触れ、やがて乳房に触れる。ヌチガフウホテルで覗き見たたくさんの情景が、二人の部屋で繰り返される。珠代は、一郎の手を取るようにして、何度も何度も愛の姿勢を試してみる。

5

上原刑事と大田刑事が、珠代の家へやって来たのは、珠代が夕食の準備を始めて間もなくだった。米をとぎ、炊飯器のスイッチを入れる。魚汁を作るために、包丁を手に取り、お腹の臓物を取り出す。珠代は料理があまり好きではないし得意でもない。臓物を取り出すのに悪銭苦闘をしているその時、玄関のチャイムが鳴った。

「一郎、お願い、今、手が放せないの。お客さんよ」

珠代は、包丁を握ったままで一郎に声をかけた。

一郎は、始まったばかりのプロ野球のナイター中継から目を逸(そ)らさない。ソファーに座ったままだ。背中は見えるのに返事もしない。

「一郎　お願いよ、今、手が放せないってば！」

それでも返事がない。チャイムの音が何度か鳴った後で、今度は玄関を叩く音がする。

「一郎！」

「は、はい、分かったよ、今、ピ、ピン、ピンチ、なんだよ」

一郎が苛立つように、ソファーから立ち上がる。苛立つときは、さらに吃音がひどくなる。

「アタシだって、ピンチだよ……」

一郎は、いつも素直なのに、テレビに夢中になっているときは、なかなか珠代の言いなりにはなってくれない。特にジャイアンツの試合のときは、瞬きをも惜しんで見入っている。

「いない、と、言おう、かな」

一郎は、独り言をつぶやきながら、渋々と立ち上がって玄関口に向かう。

「いない、と言えば……」

そう思ったけれど、そう言えば、本当に一郎は、いないと言うだろう。返事をすれば、いることがばれてしまうのに言いかねない。思わず珠代は一郎の後ろ姿を目で追った。

「い、い、いません」

言っちゃった。一郎はどもりながら、本当にそう言った。

そして、ドアに凭れるように、節穴から外を覗いている。

「警察です、開けて下さい」

珠代が、その声を聞いて、慌てて手を洗い、手をふき、玄関口に向かう。ドアを開けて詫びながら頭を下げる。

「ごめんなさい、今、手が放せなかったもんですから」

「いるのに、いないなんて……、あんたのご主人はどうかしているよ……。上原です」

「大田です。また来ました」

「どうも、すみません」

謝る珠代に、上原刑事が笑みを浮かべて言う。

「先日もお伺いして、いろいろと、お話を聞かせてもらいましたが、有り難うございました」

「いえいえ、役に立てたら嬉しいです」

「また、ヌチガフウホテルでも、皆さんからいろいろ話を聞かせてもらっています。ご協力に感謝します」

上原刑事が、丁寧に礼を述べる。

「そこで、今日もまた、お宅の家で話を聞かせてもらおうと思ってやって来ました。ホテルでは話しづらいこともあるだろうし」

「いえ、特に、そんなことは、ありませんよ」

珠代の返事に、大田刑事が、声を落として小さく微笑みながら言う。

「お仕事をしているホテルの仲間の皆さんのことで、ちょっと気になる噂を聞いたものですから……」

「そうですか。それでしたら、直接、皆さんに聞かれたほうがいいと思いますが」

「いえいえ、すぐに済みますから」

「お手間は取らせません、すぐ終わりますよ」

次々と、二人の刑事は珠代に話しかけてくる。何だか今日は強引だ。二人とも先日と比べて、小さな笑みを浮かべているものの、目つきは鋭いような気がする。千絵子さんに助けを求めたい心境だ。

珠代は二人の刑事の言葉に、どぎまぎしながら濡れた手をエプロンでふいて頭を下げた。

「分かりました。それでは、何から話しましょうか」

玄関口で、立ち話も悪いと思ったが、部屋には上げたくなかった。

一郎は相変わらず無愛想に、珠代の傍らに立っている。

「アタシのお客さんだから、一郎は部屋に戻って、テレビを見ていてもいいわよ」

「いえいえ、今日は、ご主人にもお話が聞きたくて」

「ええっ？　そうなんですか」

「ちょっと、上がらせてもらっても構いませんか？」

「ええ……。それでは、どうぞ、お上がり下さい」

珠代は躊躇し、不安に駆られながらも結局は二人の刑事を招き入れる。

二人の刑事をソファーに案内して、一郎の席の傍らに座らせる。一郎は我関せずで、テレビの画面に視線を向けたままだ。

「今、お茶を淹れますから……」

珠代は、ヌチガフウホテルで千絵子さんが二人の刑事を招き入れたしぐさを思い出しながら、それを真似るように言葉を発し台所に立つ。

「どうぞお構いなく」

その言葉も、ヌチガフウホテルで、刑事の言った言葉だ。

それにしても、二人の刑事は何をしに来たのだろう。何が聞きたいのだろう。気になる噂って何だろう。それとも一郎の暴力事件を嗅ぎつけたのだろうか。

珠代は、ヤカンに水を入れ、コンロのスイッチを入れた。もどかしそうに湯の沸くのを待ち続ける。一郎から話を聞くことって何だろう。まさかアタシたちに疑いがかかっているのだろうか。一郎が殺人者？　まさか、そんなことはあり得ない。

確かに一郎は、苛立つと少し野蛮な行動を取ることはある。一郎のことを考えると、腰が砕けてしゃがみそうになる。珠代は、振り向いて二人の刑事の姿を見ることが怖くなった。

二人はソファーに腰掛け、盛んに一郎に何かを話しかけている。しかし、何を話しているかは、はっきりとは聞き取れない。一郎は相変わらず素っ気ない素振りで、テレビを見ながら返事をしている。

珠代は、ヤカンの前で、長い時間が過ぎたように思われた。湯の沸く音で我に返り、急いで茶を淹れる。湯気のようにあふれ出る不安を宥めながら、盆の上に急須と茶碗を乗せて再び二人の前に進み出る。

「一郎、ほれ、テレビを消して」

「ピンチが、続いて、いるんだよ。応援、しなけりゃ」

一郎の返事に、珠代は、少し苛立つように、リモコンを取り上げてテレビのスイッチを消した。一郎が珠代よりも苛立って珠代を見る。

「いえ、テレビはつけたままでもいいですよ。どうぞどうぞ」

大田刑事が、笑顔で珠代と一郎の方を見る。手は熱心に動いて、先ほどの一郎との話のメモを取っている。

珠代は、一郎が何を言ったのか気になった。しかし、一郎は全く気にする様子はない。大田刑事の言葉を真に受けてすぐにリモコンを手に取り、スイッチを入れる。再び画面を見つめる。さすがに音量は落としてくれた。

「ジャイアンツの試合だと、すぐにムキになるんですよ、この人は……。どうも、ごめんなさい」

「いえいえ、いいですよ、大丈夫ですよ」

何が、大丈夫なんだろうか。珠代は上原刑事のその言葉に、再び不安が甦ってきた。

二人は、茶を飲みながら、珠代には、すぐに話しを切り出すこともなく、ゆっくりと部屋の中を見回している。何だか自分の身体を見られているような気がして落ち着かない。何かを話したいけれど、何を話していいかも分からない。何のために二人がやって来たのかも分からない。

珠代は沈黙に耐えられず、またもや「千絵子さん、助けて」と、叫びそうになる。生唾を飲み込む音が、二人に聞こえたのではないかと思われるほどの緊張だ。「助けて」などと言ったら、本当に二人の刑事に疑われてしまうだろう。

一郎は、二人の刑事のことなど全く気にせずにテレビを見続けている。珠代は、その姿を見て苛立ちが募ってきた。が、気持ちを抑える。これが一郎なんだ。そう思って、珠代は一郎を見た。その時だった。上原刑事が珠代を見て言った。

「今日は、ご主人のことも聞きたくて来たのです。先日、ご主人の職場にお伺いして本人から話を聞いたのですが、その内容を少し確認したくて、それで……」

そうだったのか。そんなことがあったとは知らなかった。一郎は何も話さなかったのだから。

「ご主人は東京に住んでたことがあると聞いたのですが、いつごろのことかと思って……」

「いえねえ、東京で、何かトラブルでもあって、沖縄に帰ってきたのかなと思って」

「ト、ラ、ブル、なんか、ないよ。珠代と、結婚するために、帰ってきたんだよ」

傍らから、一郎が視線をテレビに向けたままで返事をする。そうなんだ。アタシと結婚するために、一郎は帰ってきたんだ。でも、どうして一郎が疑われるんだろう。

「いえねえ、ヌチガフウホテルには、一郎くんも含めてですが、本土で働いていた方が、結構多いようですから」

「あれ、一郎は、ヌチガフウホテルでは、働いていませんよ」

「もちろん、分かっていますよ。千絵子さんとか、美由紀さんとか、それに、君枝さんも、本土で働いていたとか……」

「ええ、そうですが、それが、何か事件と関係あるんですか？」

「……」

二人の刑事は、珠代の言葉に、怪訝そうに顔を見合わせた。

「知らなかったのですか？」

「えっ？　何が、ですか？」

「新聞に載っていたはずだがなあ」

「だから、何がですか？」

二人の刑事は、珠代の質問に、もう一度顔を見合わせ、苦笑を浮かべた。そしてうなずき合った後、若い上原刑事が珠代に向かって話し出した。

「被害者の身元が分かったのですよ。被害者は、四十二歳の男性で神奈川県在住。本土の方です。被害者が、何の目的で沖縄に来たのか、観光で来たのか、だれかに会いに来たのか、だれかと一緒だったのか、いつごろ来たのか、それは、まだ分からない。分からないが、ヌチガフウホテルに勤めているだれかと知り合いではなかったかと思ったもんですから。たしか千絵子さんは東京だった。東京から神奈川は近いですからね。美由紀さんは横浜、君枝さんも名古屋に住んでいた……」

珠代は大きな不安に陥った。みんなが疑われているのだ。

「いえ、だれも疑っているわけではありませんよ。ぼくらは仕事ですから、ただ調べているだけです」

上原刑事は茶に手を伸ばしながら、笑顔を浮かべて言い継いだ。

「この前、職場で、一郎くんに、沖縄に帰ってきた理由を尋ねたら曖昧にしか答えてくれなかったから。今日は結婚するためにと、はっきり答えてくれました。そう答えてくれればいいのに、一郎君は恥ずかしかったのかなあ」

「一郎君の本土での職場は、たしか神奈川県だったとか。そこで被害者に会ったことがあるのかなと思って」

「一郎くんは、すぐキレるタイプかな」

「そんなことはありません！」

「吃音はいつごろからですか？　緊張するからなのかな？」

「そんなこと、関係ないでしょう」

珠代は慌てて一郎を擁護する。一郎は何も答えない。珠代の方で尋ねられる二人の質問に苛立つように答え続ける。

上原刑事も大田刑事も、一郎に聞くことを諦めて珠代に聞き続ける。ヌチガフウホテルの女たちのことについても、たくさんのことを聞かれたが、千絵子さんのようには、うまく答えられない。一郎が時々答える上の空の返事は、二人の刑事を余計に混乱に陥れている。そんなふうにも思われる。

やがて二人の刑事は、礼を述べて帰っていった。二人は笑顔を浮かべてドアを閉めたが、珠代は不安をぬぐえなかった。一郎の横顔を見た。一郎は祈るように身をかがめ両手を合わせている。それはジャイアンツのピンチの場面だからだろう。それともチャンスなのか。

珠代も両手を合わせた。だれもがみな無事でありますように、と祈った。もちろん、一郎の姿の先には、千絵子や美由紀、そして君枝やよし子さんの姿もあった。

「ねえ、ねえ、千絵子さん……」

珠代の呼びかけに、千絵子が気づかずになおも新聞を読み続けている。

「ねえ、ねえ、千絵子さんたら……」

「うん？」

やっと、千絵子が気づいて、顔を上げる。夜半を過ぎたフロントの給仕室ではテレビの音だけが流れている。時折、ホテルの周回道路を走る車の音も、はっきりと聞こえる。

千絵子は新聞に夢中になっていたのだろう。珠代は千絵子の返事を待ちかねていたように、身を乗り出して話し始める。

「この前の、高志（たかし）さんの話しね。ホテルを新築するという話だけどさ……。そうなったら覗きができなくなるのかなあ」

「そうねえ、たぶんできなくなるだろうねえ。今のホテルは、少し古いからね、古いから覗きもできるんでしょう。新築したらお金の受け渡しも、自動支払機でできるようになるって言ってたわね」

「そうなると……、アタシ、困るわ」

「何にも、困ること、ないじゃない」

「でも……」

「でも、なんなの？」

「困るわ。覗きができなくなると、楽しみが奪われるよ」

「困らないでしょう。これを機会にやめたらいいさ」

千絵子が、楽しそうに珠代をからかった。

千絵子は、珠代の話が、先日珠代の住むアパートにやって来たという刑事の話かと思い、少し緊張して身構えた。しかし、まったく別の話なので、拍子抜けしてしまい、思わず軽口を叩いてしまった。このことについては、何度も不安を口にし、なんども相談されたから、もう終わりにしたいのだろうか。

いったい、珠代の頭はどうなっているのだろう。被害者と一郎とに接点がないかと、刑事にしつこく聞かれたと、あんなに不安がって、泣き出すほどに取り乱していたのに、四、五日も経つと、このことを忘れたかのように覗きの話をする。しかし、これだから、珠代とはやっていけるのだとも思う。

もちろん、千絵子は、珠代が言いよどんでいることを、幾分かは推察できる。珠代と一郎との間に隠された秘密までは知らないが、千絵子は、時々珠代をからかって楽しんでいる。いわば千絵子と珠代の間での了解済みの遊戯のようなものだ。

「何も、覗きができないからといって、死ぬわけでもないでしょう？」

「それは、そうだけど……」

もちろん、そうだけど、珠代にとっては、かけがえのない楽しみだ。

「意地悪だねえ、千絵子さんは……」

「あら、意地悪ではないよ。珠代のためにも、ちょうどよかったかもよ。これを機会に足を洗うんだね。警察に来られても慌てなくてすむからね」

珠代が肩を落とし、さらに視線を落として、大きくため息をつく。本当は、覗きのことを聞きたいんじゃないのだが、言いそびれる。

千絵子がもう一度小さな笑みを浮かべた。浮かべた後で、少しからかいすぎたかと思い気の毒になる。お茶を一口飲んでから、珠代に向かう。

「ねえ、珠代、高志さんの話は心配することではないよ」

「そうだよね、建て直すことはいいことなんだよね」

珠代も、やっと顔を上げ、微笑んだ。そして大好きな煎餅を手を伸ばして取ると、ばりっと噛んだ。口は、早くも、もぐもぐと動き始めている。

高志さんの話というのは、先日、六人の従業員をみんな集めて行われた。ヌチガフウホテルを近々取り壊して新築するというのだ。ビジネスホテルふうにして三階建てにする。玄関を作り、ロビーを設けてオープンにしてソファを置く。さらに客が部屋のスタイルを選べるように、ロビーの壁と車庫の入口の壁に、各部屋のインテリアを浮かび上がらせたパネルを掲示する。さらに食事のメニューを広げ、カラオケの設備もいれる。そして、一新したホテルの名称は、各部屋ごとにアンケート用紙を置いて、客から募集するというものだった。

改築に留めるか、新築にするか、迷ったが新築にすることに決めたという。この話を、高志さんは設計図を示しながら説明した。フロントとも呼んでいる給仕室は、六人が一度に集まると、さすがに狭く感じられた。当然、だれも反対する者はいなかった。このことは、何度か耳にしたことでもあったからだ。具体的な話が初めてなされただけだ。

珠代は、建て直すのはもうちょっと先のことだろうと思っていたから驚いた。計画は、珠代の想像を遥かに超えて進んでいた。そして、興味深いものであったが、それだけに不安もあった。建物の内部には、上下用の別々のエレベーターも取り付けられる。金銭の授受は人の手を介さずに室内のパネルに表示した金額を見て自動支払機で行う。建物内にインテリアとしての螺旋階段を取り付け、緑の植栽などを配置したユニークな設計だ。工事の期間中は休職にするが、給与は毎月、同じ分を払い続けるという。半年の予定だというが再就職も保証された。だれも異存はなかった。

「ヌチガフウホテル、という名前もなくなるということですか?」

年長者の君枝が、名称についてだけは残して欲しいと執拗に意見を言った。

「新築と同時に新しい名前にしたいと思う。新しいラブホテルにふさわしい名前にしたい。それで構わないだろう」

高志さんは、そんなふうに笑って答えたが、君枝は引き下がらなかった。

「ヌチガフウホテルは先代の思いが入った名前だと聞いています。戦争で大切なものを失った人々を励ます意味を込めた名前だと聞いています。是非残して欲しいです」

「戦争は、もう終わった。新しい時代には新しい名前がいいだろう」

「いえ、私たちは、この名前に励まされて生きてきたんです。ヌチガフウにはスディル（孵化する）という意味もあるようです。失ったものを取り返す。再び生き直す。ヌチガフウという言葉に、私たちもまた希望を見つけて生きてきたんです」

君枝の意見に、君枝の相棒の光ちゃんが賛同した。やや雲行きが怪しくなってきたところで、両者の間に分け入るように、美由紀さんが意見を言った。

「ねえ、お客さんへのアンケート用紙に、ヌチガフウホテルのままでいいかどうかを尋ねる項目をも作ったらどうかしら。その結果を見て、最終的には決定する。なんだか、私も、ヌチガフウホテルという名前、結構気にいっているんだよねえ」

その一言で、高志さんも笑って了承した。

美由紀さんが高志さんの愛人であることは、みんな知っている。美由紀さんの意見には、高志さんも配慮してくれるはずだ。もちろん、珠代もヌチガフウホテルの名前は気に入っている。工事が始まる前のアンケート用紙には、客を装って、ヌチガフウホテルという名前の選択肢に、たくさん○印を付けようと思う。珠代はこの仕事が気に入っている。

「ねえ、ねえ、千絵子さん。新しいホテルになっても、アタシたち働かせてもらえるよね」

「もちろんじゃない。その点は心配するなって、高志さん、何度も言っていたじゃない。工事のために半年休むことがあっても、必ず再雇用しますって。皆さんは優秀な従業員です。給与も出し続けますって」

「そうよね、だけど、アタシ、料理、うまく作れないから」

「料理？　そんなこと、心配しないでいいよ」

「本当？」

「近くの食堂に、出前を取ることもできるからって、言ってたじゃない。そういうシステムを考えてみたいって」

「システム？」

「うん。そうねえ、なんて言えばいいのかなあ。仕組み、とでも言えばいいのかなあ。お客さんからの注文があったら、料理の出前をよろしくお願いしますって、近くの食堂や、お寿司屋さんに電話をするのよ。そして、すぐに配達してもらうようにするわけ」

「ああ、そうなんだ……」

「珠代は、何も心配することないんだから」

「そうだね」

「それよりかさ、珠代。どうすれば、新しくなったホテルでも、覗きができるか、やっぱり、そっちの方、考えた方がいいよ」

「そうだね、そうするか」

「ええっ、そうするかって……。無理だよ無理、本当にもう、珠代は……」

「千絵子さんも、考えることあるでしょう?」

「えっ? 私は、何も考えることはないよ」

「そうかしら?」

「そうだよ」

「ホテルにやってくるお客さんの車のナンバー、書き写すのは、いけないことじゃないの?」

「えっ? どういうこと?」

「だって、いつも隠れて、書き写しているじゃん。何に使うかは知らないけれど、新築したラブホテルでは、それができなくなるかもよ」

「そうだね……。珠代は、このことを知っていたのね」

「知っているよ、お友達だもん」

「そうだね、お友達だもんね」

「お友達は、いつもそばにいるからね、心配しないでね」

千絵子は珠代の「お友達」という言葉に戸惑った。不思議に思ったが、お友達の意味が分かると安心して笑顔を作った。珠代は、車のナンバーを書き写すのは、新しいお友達を作るためだと思っているようだ。ゆすりのことは分かってない。

「そうだね、私には、珠代が一番のお友達だもんね。新しいお友達なんか、作る必要ないね。これからもよろしくね」

「はい、よろしくお願いします。おあいこですね」

「そう、おあいこだね。でもね、珠代、私のやっていることも、あんたのやっていることも、いけないことだからね。お互いに気を付けないとね」

「スリリングですね」

「ばれたら、そんな冗談を言えなくなるよ、それこそ高志さんに、すぐに辞めさせられるよ。分かっているよね」

「はい、分かっていま～す」

「そろそろ、これを機会に、二人とも足を洗わないといけないかもね」

「はい、分かっていま〜す」

「本当に分かっているのかしら」

「はい、本当に、分かっていま〜す」

珠代は、そう言って、千絵子と顔を見合わせて大きな声で笑った。

千絵子は、珠代の問いかけに半分ドキッとしたが、半分安心した。珠代は、何も分かっていないんだから。本当のことは、言わなくてもいいのだからと……。

7

珠代は、少なくともヌチガフウホテルが取り壊されるまでは覗きを続けたいと思った。千絵子には、いろいろ言われたけれど、しばらくはやめられないと思った。

千絵子のゆすりのことは、言わなくてよかったと思った。千絵子は、珠代が言ったことを新しいお友達を作るためだと誤解をしていた。口から出そうになったけれど、慌ててブレーキをかけた。知らない振りをすればいいのだ。このことは警察にも言っていない。

アタシも千絵子も、新しいヌチガフウホテルができたら、趣味の世界から足を洗えばいいのだ。そのときは千絵子にも、はっきりと言ってあげたいと思う。みんな大切なものを失ったけれど笑顔を作って頑張ってきたのだ。君枝さんが言うとおり、大切なものを失った後でも、希望を見つけて生きてきたのだ。

デジタルカメラは、もっと早く買っておけばよかったと後悔した。千絵子と一緒に選んだデジタルカメラは、シャッター音が小さな物を手に入れた。珠代は、小型の、このデジタルカメラが気に入っている。足音を忍ばせて、密かに撮った写真を一郎に見せて二人で楽しんでいる。珠代にもこのヌチガフウホテルは、心も身体も新しくスディル（孵化する）場所になっているのか。特に中学生のころは、辛いいじめを受けて、何度も命を絶とうとした。人はなぜ生き続けるのか。答えを探せないでいた。しっかりとした答えを見いだせずに高校をも卒業した。そんな中で、ここで働くみんなと出会ったのだ。何かを失っても、何かを得ようとしてみんな頑張っている。小さな幸せでいい。生きる希望になればいい。希望を求めて生きることは素晴らしいことなんだ。

「ま、まる、で、くも、だ、ね」

珠代が写した写真を見て、寡黙な一郎がこんなふうに感想を漏らしたときはびっくりした。

「く、くも？　くもって……、お空の雲なの？」

「違うよ。蜘、蛛……だよ。手と、足が、いっぱいの、蜘蛛」

一郎は、珠代の問いに、精一杯両手を広げ、手話を交えながら感想を言った。珠代は大きな笑みを浮かべた。珠代と一郎との会話は、手話に頼ることも多い。

「なるほど、蜘蛛ねえ」

珠代は、男と女の交わる姿を、そんなふうに考えたことはなかったから驚いた。一郎に言われてよく見ると、なるほど、まるで蜘蛛だ。絡み合った二人の両手両足は、数えてみると、ちょうど八本になる。まさかそこまで考えて一郎は言ったとは思われないが、その喩えは面白かった。

珠代も想像してみる。お腹の大きな蜘蛛が、お腹をくっつけあって両手をばたばたと絡み合わせる。粘っこい唾液を身体のあちらこちらにくっつけながら必死に抱き合っている。揺られても落ちないように。ベッドの上から……、己の人生から……、危なっかしい手付きで必死に支え合っている。

一郎の言葉に、珠代は男女の営みが、何だか哀れで滑稽な姿にも見えてきた。しかし、それでもなお、美しいという思いは変わらない。かつて学校で習った「哲学」という言葉を思い出した。生きるための哲学だ。

「蜘蛛、に、な、ろ、う」

一郎は、その感想を言った後からは、そんなふうに言って珠代をベッドに誘う。

「雲、の上に乗るんだね」

珠代も、わざと茶化して、年下の一郎をベッドに導いてやる。一郎は自分の発見した言葉を気に入っていて、その言葉を使うときは、すこぶる機嫌がいい。

デジタルカメラは、覗きをする珠代の秘密兵器になった。新築工事が始まるまでの残り少ない歳月のヒミツ兵器だ。エプロンのポケットに忍ばせて、狙いを定めた客の部屋に近づく。ヌチガフウホテルには、時々若い米兵たちも、ウチナー女と一緒にやって来る。そんな連れがフロントの小さな窓から見えるときはワクワクする。時間を見計らい、足音を忍ばせて、その部屋に近づく。

ウチナー男の褐色の肌も美しいが、アメリカ兵の白い肌も美しい。また黒い肌も美しい。美しい色を身体いっぱいに蓄えて生きてきた男と女が、一気に命の色を放つのだ。抱き合いながら、一郎のいう蜘蛛のような手足を絡めてエクスタシーに昇りつめていく。そんな姿が見られるのは、至上の喜びだ。

しかし、時々は驚かされることもある。叩いたり、殴ったり、縛ったりする光景だ。珠代は、そんな光景は嫌いだ。一郎との交わりのときも、決してこのような姿態は取らないでおこうと思っている。もちろん、頻繁に目にするような光景ではない。

一か月ほど前のことである。この頻繁には目にすることのない光景を目にしたのだ。それも高志さんが絡んでいた。驚いた。でも、このことはだれにも言っていない。警察にも言わずに黙っている。警察は嫌いだ。高志さんのことは自分の思い過ごしに違いないと言い聞かせて、膨れあがってくる不安を宥めている。

上原刑事と大田刑事は、珠代の家に尋問に来たように、千絵子や美由紀や、君枝の家にも事情聴取に行ったのだろうか。このことを三人に尋ねることができない。尋ねたら、なんだか、それが引き金になって事件が進展しそうな気がする。ヌチガフウホテルのだれかが犯人にされるのが怖い。三人は本土に就職した経歴がある。刑事が言っていたことに間違いはない。それも東京と神奈川、そして名古屋だ。

刑事は、一郎だけでなく、珠代も殺人犯ではないかと疑っているような気がする。ひそかに尾行されたこともあって不愉快だ。一郎は走って尾行を振り切ったことがあるという。こんな行為が、返って一郎の疑いをいつまでも晴らせないでいるのかなとも思う。だからといって、どうしていいか、珠代の頭では分からない。

珠代は、ふと二人は障がい者だから疑われるのかな、と思ったけれど、そうでもないみたいだ。刑事は珠代と一郎だけでなく、ヌチガフウホテルのみんなを疑っているからだ。犯人は、他の場所にいるはずだ。あんたたち、ヨソをあたってよ。そういう感じなんだけど、二人の刑事は、頑固で分からず屋だ。

この前もヌチガフウホテルにやって来た上原刑事と大田刑事に、珠代と千絵子はしつこく尋ねられた。どうして、二人はヌチガフウホテルの人たちをつけ回すのだろう。そう思った瞬間、珠代は、高志さんも容疑者の一人になっているのだろうかと不安になった。

高志さんは、ヌチガフウホテルの支配人だ。高志さんも疑われているのだろうか。何かの理由で、高志さんが、男の人を殺したのではないか。高志さんが新築工事を決めたのは何かを隠すためか。証拠を消し去るためか。思ってもみなかった不安だ。

あの日、珠代は、夜半過ぎの客の注文したインスタントのラーメンを届けるために長い廊下を歩いていた。すると、途中の部屋から呻き声が聞こえてきた。どうしたのだろうかと気になったが、立ち止まることなく通り過ぎた。

しかし、ラーメンを届け終えた帰りの廊下でも、その声はかすかに漏れ聞こえた。それほど気にするほどの声ではなかったのだが、珠代の好奇心に火が点いた。思わず、その部屋の前で立ち止まっていた。

部屋の入口のドア横の小さな格子窓が小さく開いている。声は、そこから漏れていた。随分不用心な客だなと思って近寄り、おもちゃのような小さなカーテンをそっーと開けて中を覗いた。いきなり人影が目に入った。それも三人だ。それも珍しいことだった。

珠代は、じいっと息を殺して、三人の姿を見つめた。ベッドの上にいるのは上着を脱いだ男の人だ。それを、二人の男女が、見下ろすようにベッドの脇に立っていた。二人の男女は背中しか見えないが、ベッドの上の男の人は、もう死んでいるのか動かない。今思い起こせば、その男が殺された男のような気がするのだ。

珠代は、しばらくして、背中を見せている男の人が、ふと社長の高志さんのように思われたのだ。まさかそんなはずはない。何の根拠もない妄想だ。そう思ったのだが、一度思いこんだ妄想は、なかなか消えなかった。

もし、高志さんだとしたら、傍らの女の人は美由紀さんだろうか。チラチラと目に入る女は確かに美由紀さんのような気もした。しかし、はっきりとは分からない。美由紀さんが高志さんと部屋を利用するときは、決まって一〇九号室だ。

美由紀さんでないとするとだれだろう。相棒のよし子さんだろうか。よし子さんと美由紀さんは同じ年ごろだし、顔立ちも体格もほとんど同じだ。よし子さんが、高志さんに依頼をして男を殺す。珠代はそんなふうにも思いを巡らしたがうまく結びつかなかった。

女の人は、美由紀さんとよし子さんのどちらだろうか。珠代は判断をつけかねた。つけかねたままで、二人の男女に見下（みお）され、ベッドに仰向けになっている男を見て、やがて嫌になって部屋から離れたのだ。

今でもこのことが気になるのは、部屋を離れる直前に、ふと、女の人の復讐を、高志さんが手伝っているとしたら……。そう考えると辻褄が合うように思ったのだ。女の人は美由紀さんでも、よし子さんでもいい。かつてその男の人にひどい目に合わされた。それを高志さんに相談して復讐を企てる。女の人が男を部屋におびき入れたところで、マスターキーを持っている高志さんが侵入して、背後から首を絞めて殺す。殺した後で外に運び出し、畑に埋める。十分可能性のある推測だった。あの男が、殺された男だったらどうしよう。あれが殺害現場だったらどうしよう……。

刑事が訪ねてきて、殺人事件のことを告げられた時、よっぽどこのことを話そうかと思った。裏の畑に埋められたのは、あの男ではなかったかと。そんな気がしたのだ。その日は殺害日とされている日と、ぴったりと重なるのだ。

縛られている男の人の顔は、はっきりとは見えなかったから、だれだかよくは分からない。新聞で報道されているように本土からやって来た男であったとは言い切れない。しかし、そうでないとも言い切れない。色の白い、面長の男であったような気もするのだ。

珠代の脳裏を、様々な憶測が駆け巡った。全く抵抗をする様子も形跡もなかったような男の姿。男は睡眠薬か何かを飲まされていたのだろうか。テレビの見過ぎだろうか。頭が混乱して整理ができない。整理ができないので、上原刑事や大田刑事に整理をしてもらおうと思ったけれど、このことを言うと、自分の覗きのことがバレてしまう。覗きも犯罪だという後ろめたさがあった。また妄想が間違いであったら、仕事を辞めさせられるかもしれない。結局は何も言わずに口を閉ざしたのだ。

それに、もし男の人が社長の高志さんで、女の人が美由紀さんやよし子さんだったら、当然困ったことになる。高志さんが犯人になって、ヌチガフウホテルが営業停止になれば、珠代だけでない。君枝も、光ちゃんも仕事を失うのだ。

高志さんが犯人でなくても、刑事にこのようなことを言ったのが珠代だとバレたら、余計に困ったことになる。珠代の見た光景が、この事件と全く関係のない出来事だとしても、珠代の証言が引き起こす波紋は大きくなっていくような気がする。

また、もし女の人が美由紀さんか、よし子さんだとして、高志さんと二人で相手の男を殺したとなれば、こんな悲しいことはない。この事実には、珠代が耐えられそうもない。逮捕の糸口に珠代の証言があったとすれば、なおさらだ。

珠代はこのことを考えると、もう頭が爆発しそうになる。考えることは苦手だ。千絵子が言うように、物事の対処法の最善の方法は、自然に任せ、時間に任せることだ。黙っていた方が一番いいような気がする。

珠代は、あの日のことは、きっと自分の思い過ごしに違いないと言い聞かせた。一郎にももちろん、千絵子さんにも、だれにも決して話すまいと誓ったのだ。それが珠代の考えた結論だった。

8

デジタルカメラで写した写真を、パソコンに取り込んでプリントアウトする。この技法をパソコン教室で習った時、珠代にはひらめくものがあった。

しかし、パソコンを買うことには、やはりためらわれた。あまり、のめり込むと、後戻りできなくなるかもしれない。いや、自分は戻れても、一郎が戻れなくなったらどうしよう。このことが不安になったからだ。

一郎は、どちらかというと、今でも引きこもりがちである。テレビの前を動こうとはしない。パソコンの虜にでもなったら、それこそ珠代には引き戻せる自信がなかった。デジタルカメラの写真を楽しむぐらいが、ちょうどいいのかもしれない。一郎には、パソコンよりも自分の身体に夢中になってくれる方がいいのだ。

珠代は、今年で二十六歳。結婚して三年目。人生が楽しくてしょうがない。職場では、千絵子さんとおしゃべりをしているときが最も楽しい。そうでないときも、もちろん楽しい。君枝さんも光ちゃんも、美由紀さんもよし子さんも、みんなが自分に親切にしてくれる。

家に帰れば、少々物足りないが、優しくて親切な一郎がいる。一郎はいつでも珠代の言うがままだ。結婚して一度も喧嘩をしたことがない。一郎にも今の生活にも、珠代はなんの不満もない。

一郎は、しっかりと珠代を愛してくれる。丁寧で、いつでも優しい。一郎の柔らかい唇、温かい手、少し毛が生えた胸、みんな愛らしい。

珠代は、今の生活は自立しているんだと思う。幼いころから心に決めて憧れてきた生活なんだ。お父ちゃんやお母ちゃん、お兄ちゃんやお姉ちゃんを悲しませないために、小さいころから必死に頑張ってきて手に入れた生活なんだ。

珠代が、お姉ちゃんやお兄ちゃんたちと、ちょっと自分は違うと思ったのは、小学校に入学するときだった。仲良しのちーちゃんたちとは、同じ学校へは行けなかった。どうしてだか、珠代には最初のころ、わけが分からなかった。

自分だけ、どうしてお兄ちゃんやお姉ちゃんたちと同じ学校へ行けないんだろう。お父ちゃんやお母ちゃんは、どうして末っ子のアタシを特別扱いするのだろうと思った。

お父ちゃんと、お母ちゃんは、珠代のことになると、いつも涙もろかった。珠代の今のこと、珠代の将来のこと、いつも目を潤ませて珠代を見ていた。

それが、別に負担というわけでもなかったのだが、学校が違うのは、自分の「障がい」のことが原因だと気がついた。気がつくと同時に、珠代はいつしか演技上手になっていた。人前では、悲しくても絶対に涙を見せない。いつでも笑顔を浮かべる。家の中に引きこもらない。できるだけ外に出て快活に振る舞う。お嫁さんになって自立する。そんなことをいつも、心で呪文のように唱えてきた。

珠代は、今、幼いころから必死に頑張ってきた甲斐があったと思う。胸を張ってそう言えると思っている。鏡の前で、必死に笑い顔を作る訓練をした中学生のころを思い出す。悲しみの後の希望の灯を手に入れたのだ。

悲しくなることとは、いっぱいあった。近所のお友達からいじめられたことも何度かあった。仲良しのちーちゃんからも、「絶交」と言われて、何日も何日も泣いた。涙はたくさんこぼしたが、人前では絶対にこぼさなかった。

「ねえ、ねえ、一郎」

珠代は、一郎の優しい愛撫を、いつものように身体いっぱいに受けた後、一郎の背中を撫でながら言う。

「一郎……、見て欲しいの」

「な、何を?」

「奥をさ……」

「奥？　な、何の、奥なの？」

「アタシの奥」

「さっ、ぱり、分から、ない、よ……」

一郎が、怪訝そうに珠代の顔を覗きながら問いかける。

珠代は、もう一度、一郎の唇に自分の唇を当てる。

珠代は、なんだか自分の身体が、最近はいつも熱っぽい。生理が止まっている。赤ちゃんができたのではないかと思うのだが、こういうときどうすればいいのか、よく分からない。これからいっぱい勉強しようと思う。

「ねえ、アタシの奥を、覗いて欲しいの」

「アタシの奥？」

「もう、目の奥じゃなくて、アタシの奥を、覗いて欲しいの」

「だから、なんの奥、を、見るの？」

「身体の奥よ。赤ちゃんができたと思うの……」

「ええっ？」

一郎が、びっくりして身体を起こす。

「アタシね、赤ちゃんができたと思うのよね、だからね、アタシの奥を覗いて欲しいの。分かる?」

一郎の目が、驚いて牛の目のように丸くなっている。

「覗いてみてよ……。アタシは他人の裸を見るのは得意だけれど、自分の裸の奥は覗けないよ」

「そ、それは、そう、だよ」

「だから、最初に一郎に見てもらいたいの」

「……」

「そして、言って欲しいの」

「だれに?」

「赤ちゃんにさ。怖がらなくてもいいよ。人生は楽しいよ、生まれておいでよ、って」

「よーし、いいよ」

一郎が、腕まくりするような声をあげる。

「明日にでも、病院行ってみるよね。その前に、一郎、私の身体を覗いてみて」

一郎は、珠代のその言葉にうなずくと、珠代の下腹部に顔を近づけた。

珠代は、一郎の温かい吐息を下腹部に感じながら、ゆっくりと膝を立てて脚を開いた。生きるってことは、神様からもらったプレゼントを神様に返すことなんだ。

涙がこぼれそうだったが、珠代は幸せだった。一郎の息遣いを聞き、頭髪を手で撫でながら、涙を必死に堪えた。涙をこぼしたら何年ぶりになるのだろうか。絶対にこぼしてはならないのだ。赤ちゃんが生まれる幸福を手に入れたのに、泣いてなんかなるもんか……。

珠代の傍らを通り過ぎていったたくさんの人々の顔が浮かんできた。ちーちゃんの顔も浮かんできた。上原刑事や大田刑事の疑い深い眼差しや表情も浮かんできた。負けてなるものか。だれにも負けはしない。

珠代は、首を振った。ずーっと何かに耐えて生きてきた。何かを見据えて生きてきた。何に耐え、何を見据えてきたのかは、もうよく分からない。しかし、自分は母親になる。なんだか、新たに未知なるものに立ち向かう喜びのようなもの、未知なるものに変身する高揚感、今まで体験したことのない新しい感情があふれてきた。

珠代は、それに耐えるために何度も目をしばたいた。そして、身体を仰向けて脚を広げ、もう一度しっかりと言った。

「見て……、見て……、アタシの奥を、しっかり見て……」

珠代の目は、もう涙で潤んでいた。だが、泣き声は漏らさなかった。大切なものをたくさん失ったような気もするが新たな希望を作ることができるのだ。

珠代は、こぼれそうになる涙を両手で一気にぬぐい去った。

第四章　美由紀とよし子

1

「美由紀……、結婚しようか」

「な、何、言っているのよ」

「だから、結婚しようか、って言っているの」

「寝ているからって、寝言を言うんじゃないの」

「まったく、美由紀は本気にしないんだから……」

「当たり前でしょうが、こんなおばさんと」

「おばさんなんかじゃないよ」

　高志が、そう言いながら美由紀の方に身体を擦り寄せる。美由紀が拗ねたように寝返りを打って背中を向けた。それから、すぐに高志の方へ向き直って微笑む。高志がそれに応えるように腕を伸ばし、美由紀の髪を優しく撫でて抱き締める。

美由紀が、薄く目を開けて高志を見つめる。

「ねえ、高志……、無理することないのよ。私は、今のままでいいのよ。十分に幸せなんだから」

「美由紀……、本当にそれでいいの？」

「本当にそれでいいのよ。私は、あなたに、いい人が見つかるまでのつなぎ役でいいのよ。私は、十分に満足よ。いい人が見つかったら、いつでも身を引きますからね」

「……」

「もちろん……」

「もちろん、なんだ？」

「あなたに……、たくさんの、お礼を言ってからね」

「うわあ、びっくりした。もちろん、たくさんの慰謝料をもらってからね、って言うのかと思ったよ」

「あら、もらえるものなら、もらってもいいのよ。私は、別に遠慮はしませんよ」

美由紀は、そう言って笑うと、もう一度腕を伸ばして高志の身体を抱き締めた。

高志も、少し寂しそうな表情を見せたが、すぐに微笑んだ。

美由紀は、週末の夜を、高志と一緒にヌチガフウホテルを利用して過ごすことを習慣にしている。時には、高志のいう「学習」に付き合って、ヌチガフウホテル以外のホテルを利用することもあるが、このホテルに馴染んでいる。

高志は、もちろんヌチガフウホテルの経営者だから料金は支払う必要はないのだが、客を装って料金を支払う。

しかし、ヌチガフウホテルの女たちはみんな、美由紀と高志の仲には気づいている。相棒のよし子は、あからさまに嫉妬する。仲間に陰口をたたくこともある。

美由紀も高志も、そんなことをあまり気にしていない。高志は、この一〇九号室から、そのまま仕事に行くこともある。最初のころと違って、隠し立てすることも何もない。

美由紀にとっても、隠し立てをすることで、自分の人生に有利な展開をするような出来事が起こることは考えづらかった。自分の人生は、もう峠を越している。そう思っていた。

しかし、高志は美由紀よりも十歳ほど若い。たしか二十九歳になったばかりのはずだ。それだけに、高志には結婚をしてもらいたい。

美由紀は、十年ほど前に同棲していた男と別れたが、娘が一人いる。老いた母も一緒に住んでいる。娘や母の世話で、四六時中、ばたばたと動き回っている。寂しいことは何もない。

「ねえ、高志。どうして高志は結婚しないの？」

「えっーと、そうだなあ、結婚したいとは、思っているよ」

「だったら、どうして早く結婚しないのよ」

「だから、相手が、うんと言ってくれないのよ」

「相手？」

「そう、目の前の、おネエさま」

「ほら、また、そんなことを言う。茶化さないでよ。私のような峠を越えたおばさんではなく、若い子がいっぱいいるでしょうが」

「ぼくは、おばさんが好きなんです。特に熟女の愛が」

「ほんとにもう……、私は、本気で心配しているのよ」

「本気で言ってるのです」

「本気ではないでしょう？」

「……」

「娘が一人いて、年老いた母親もいる私なんかと、だれが結婚するというのよ」

「このぼくです」

「まさか……。本気では、ないんでしょう？」

「はい、本気ではありません」

「ほら、本当のこと言った」

「そう言わないと、美由紀さんは、いつまでも信じてくれないからですよ。本当のことを信じないで、嘘のことを信じる。オバサマの悪いところですよ」

美由紀は、黙ったままで微笑み返す。

「美由紀さんは、ぼくにとって何だろうなあ」

「さて、何でしょう」

「たぶん……」

「たぶん？」

「休息することのできる干潟のようなもの、かな」

「干潟、干潟は、いいわねえ。止まり木よりはずっといい」

「ぼくは、美由紀さんにとって何ですか？」

「そうねえ……、渡り鳥ではないね。普通に、愛人、かもね」

「それ以上でも、それ以下でもない」

「そうね」

「いつでも取り替え可能な関係」

「そうだねえ……」

「まるで、ぼくは銀行みたいなものですね」

「銀行？」

「そう、出し入れ自由な」

「今日は、なかなかうまいことを言うのね。出し入れ自由か。そう、出し入れ自由な、愛人バンク一号ね」

美由紀は、そう言って、高志と一緒に笑い声をあげた。それから、もう一度、高志の身体に裸の身体を擦り寄せて微笑んだ。

高志の温かい手が、ゆっくりと美由紀の乳房を弄ぶ。高志の柔らかい唇が再び乳房を這う。美由紀は目を閉じて高志の息遣いを聞く。私を干潟と呼ぶ男、愛人バンク一号、取り替え可能な女、私。そして取り替え可能な男、高志……。

美由紀は、そう思った後で、小さく苦笑する。取り替えられる可能性は私の方がずっと高いのだ。そして、いつか、この関係にきっと終わりがやって来る。

しかし、それでも幸せだ。あの悪夢のような横浜での、あの男との日々に比べれば天と地の差よりも、もっと大きい。

「有り難うねえ、高志……」

美由紀は、独り言のように、そっーとつぶやいた。

高志は、その声を不思議な思いで聞いていたが、その理由は問わなかった。美由紀の身体を後ろ向きに変え、それから背中に唇を当てる。再び丹念に美由紀を愛撫した。美由紀が小さなうめき声を漏らす。

高志は、美由紀の寂しげな声に思いを馳せたが、美由紀の目に溜まった涙には気づかなかった。また、美由紀の、このときの格別な思いにも気づいてはいなかった。

2

美由紀は、高志に抱かれる度に、不思議に思う。なんで高志は、こんなおばさんの私を抱いてくれるのだろうかと。もちろん、美由紀に文句があるはずはないが、高志の側に文句のないのが信じられない。おばさんが好きなんです、と茶化して言うが、本当に信じられない。

高志は結婚もしていないし、財産もある。頭もいいし顔もいい。仕事もお堅い銀行マンだ。今時の言葉で言うとイケメンだ。恋人にするには、すべての面でAランクの条件を備えている。結婚するにもAランクの人物だ。大学は地元の国立大学で、卒業すると、そのままR銀行に就職した。高校・中学も県内では有名な私立の進学校で学んでいる。文字通り、エリートコースを突き進んできたのである。

就職後も、とんとんと出世コースを驀進中で、なんでこんな高志が、自分を相手にしてくれるのか不思議でならない。美由紀は、いつもそう思うのだが、それが男女の仲の面白いところなんだろう。

しかし、きっかけは実に明白だった。高志は美由紀の妹の大学時代のサークルの先輩で、妹が高志との出会いの機会を提供してくれたと言っていい。人聞きが悪ければ、高志が、勝手に美由紀の方に言い寄ってきたと言っていい。

美由紀が男と別れて、横浜から娘を引き連れて実家に戻ってきてから、半年ほどが経っていただろうか。妹は大学を卒業して商事会社に就職をしたばかりであったが、高志を紹介されたのだ。

妹は妹なりに、姉の困窮を手助けしてやりたいと思ったのだろう。四人姉弟で、真ん中に男の兄弟を二人挟んで、一番上と一番下の姉妹だった。

妹が幼いころに父は亡くなっていたから、最年長の美由紀は、何かと妹の面倒もみてきた。そのようなことがあったからかもしれない。妹は、出戻ってきた美由紀に、何かと気を配ってくれていた。

その日も、妹は、大学時代からつき合いが続いているサークルの仲間数人と一緒にボーリングをやるということで、強引に美由紀を誘ったのだ。その仲間に高志がいたのである。

美由紀には、久々のボーリングだったが、面白いようにストライクが取れた。自分でも驚くほどだった。もっとも、美由紀は小学校のころから運動神経は抜群だったから、妹はさほど驚かなかった。

美由紀は、中学、高校とソフトボールを続けていた。高校生のころには、エースでキャプテンにもなった。ボーリング場に、美由紀の爽やかな笑顔が戻っていた。ストライクが出る度に、心が晴れていくようだった。

「美由紀さんは、溜まったストレスを発散しているのじゃないかなあ。なんだか、ストライクの音までも違うよ」

周りの男たちは、どうやら美由紀の事情を知っているらしかった。たぶん、妹が話しをしてくれていたのだと思う。美由紀を盛んに冷やかしていたが、その中心にいたのが、同じグループでボールを投げ続けていた高志である。

「姉(ねえ)さんはね、ソフトボール部のキャプテンで、エースで四番。私の憧れの人だったのよ」

妹が得意になって、美由紀を大げさに紹介した。

「どうりで、腰が入っているんだなあ」

「腕の振りがいいよ。ぼくらとは全然違うよ」

「年期が入っているんだねえ。まさに熟女のテクニック」

「立っているものは、みんな倒されてしまう。ノックアウトか」

美由紀は、若い男たちの卑猥なユーモアや視線を、久しぶりに身体中に感じたが、むしろ心地よかった。ストライクやスペアが出る度に、高志とハイタッチをしてガッツポーズをした。美由紀は、優勝こそ逃したが、スコアは多くの男たちのスコアをも上回っていた。もちろん、妹を含め参加をしている女性の中ではトップだった。

高志たちに強引に誘われて、ボーリング後の飲み会にも付き合った。ほろ酔い気分になった美由紀は、高志に誘われるまま、その日のうちに二人だけの時間を持った。間もなくラブホテルも利用するようになった。ヌチガフウホテルではなかったが、ヌチガフウホテルの経営者であることはすぐに分かった。本人がそう言ったし、やがて逢瀬の度にヌチガフウホテルを利用するようになったからだ。

妹に、高志のことを尋ねると、必要以上に細かく教えてくれた。にこにこと、満面に笑みを浮かべて、美由紀を冷やかした。妹には、すでに婚約者がいたが、最初からこのようになることを企んでいたようだ。妹の余裕の策略だった。

美由紀は、妹のお節介に、曖昧な笑みを返して感謝し、高志の誘いを受け続けた。やがて自分から、ヌチガフウホテルで働かせてもらえないかと高志にお願いした。男と別れて、幼い娘を抱えていた。早く計算できる収入が欲しかった。他人の視線からも、しばらくは身を隠していたかった。ラブホテルは格好な職場だった。短期間のアルバイトのつもりが、ヌチガフウホテルは美由紀にとって、徐々に居心地のいい職場になっていったのである。

3

美由紀と高志との仲は、もう五年ほど続いている。ヌチガフウホテルでペアを組むよし子とのコンビも間もなく五年ほどになる。美由紀は、高志と付き合ってから数か月後には、このヌチガフウホテルに勤めたのだが、それ以来、ずーっとペアは、よし子だ。

よし子とペアを組んで何も不都合なことはない。もちろん、少しぐらいの気持ちのすれ違いや不愉快なことも時にはあるが、別れた男との間でのすれ違いと比べたら、比較にならないほど小さい。我慢できないほどのことではない。よし子の皮肉やウチナーグチでの言葉遣いにも、だいぶ慣れてきた。

たぶん、君枝さんと光ちゃん、千絵子と珠代のペアにも、少しぐらいのわだかまりはあるかもしれない。でも、ペアを解消するほどのことではないのだろう。また、ペアの解消を申し出ることは、自分たちから不仲を暴露するようなことでもあり勇気のいることであった。それ故にか、ペアは自然に固定化されてしまっている。

もし仮に、ペアが解消されるとすれば、たぶん美由紀とよし子のペアが引き金になるだろう。二人のペアが、もっとも危うい関係にあるように美由紀には思われる。

「ねえ、美由紀さん、ヌチガフウホテルを新築して三階建てにするという話ね、うまくいくかしらねえ、心配だねえ」

深夜の引継前になって、よし子がいきなり美由紀に話しかけた。

よし子は、ヌチガフウホテルで勤めている従業員の中では、唯一煙草を吸う。そのよし子が、煙草の灰を灰皿に落としながら、美由紀の顔を見ずに言う。目はテレビの画面を見つめたままである。

「さあ、どうだろうねえ」

「デージ（とても）心配だよ。美由紀さんから、社長にやめるように言ったら？」

「私には無理だよ。それに、このことは社長が決めることでしょう」

「アリ、社長に意見が言えるのは、あなたぐらいのものよ。だからお願いしているのよ。あなたからの意見だったら、社長もきっと聞いてくれるよ」

「そんなことないわ」

「そんなこと、あるって。あるようにするのよ、イナグ（女）の武器で」

よし子は、美由紀を見ずに、にやにやと下卑た笑みを浮かべて言う。それから、やっと美由紀を見て言う。

「男の人は、ベッドの上での相談事は何でも聞くって、何かの本で読んだことがあるわよ。ねえ、お願いしてみたら。きっとうまくいくと思うんだけどなあ」

　嫌な言い方だと思うが、美由紀は反発しない。

　よし子は、美由紀と高志の仲を、何かにつけて嫌みっぽく言う。しかし、騒ぎ立てるほどのことではない。よし子の嫌味に慣れなければ……。美由紀はいつもそう言い聞かせている。本当は、気持ちの優しい人なんだと。そう言い聞かせている。

　美由紀は、どのような返事をすれば、よし子の気持ちに納得がいくのか。よし子の横顔を見ながら考える。美由紀よりも先に、よし子が言う。

「美由紀さんは、いいはずねえ」

「何が？」

「何がって、それはあんた……」

　よし子が、珍しく言いそびれている。言いそびれているというよりも、どんなふうな言葉を浴びせたら、美由紀に最もダメージを与えられるか。考えているのではないかと思われなくもない。

　よし子が、美由紀の方を向いて、意味ありげな笑いを口元に浮かべる。高志との男女の関係を羨んでいるようにも思われる。よし子から夫との関係はうまくいっていないことを何度も聞かされている。

美由紀の方が目を逸らす。目を合わせれば、美由紀の方から予想もつかない言葉が飛び出しそうだった。

4

美由紀もよし子も、三十代の後半だ。同じ歳で同じ時代を生きてきたはずなのに、どうしてこうも相性が悪いのだろう。同じ話題もたくさんあるはずなのにと美由紀は思う。

相性が悪いのは、なにもよし子とだけではない。美由紀は、武男（たけお）とも相性が悪かった。加藤武男、別れた男の名前だ。五歳年上だったが、同世代だと言ってもいいのだろうか。微妙な年齢差だ。もちろん年齢に還元するような問題ではない。武男との関係は、相性という言葉では片づけられない問題だった。よし子とのことにしろ、武男とのことにしろ、あるいは美由紀自身に問題があるのだろうか。つい自分を責めてしまうこともある。

なるほど、美由紀にも一途なところがある。妥協をしないところなどは、高校時代にソフトボール部でキャプテンをしていたせいかなとも思う。武男のことでは、武男に期待し、武男を信じ過ぎたせいかなとも思う。様々な反省もあるが、しかし、非は武男の側にある。今でもはっきりと断言できる。

武男のことでは、断言できるが、よし子との関係は、どうして、こうもねじれてしまったのか、美由紀にもよく分からない。いつのころから、こうなったのだろう。

よし子は美由紀との関係を、ねじれているなどと思ってはいないかもしれない。悪意があってのことではなく、それがよし子の自然な振る舞いなのかもしれない。美由紀が過剰に反応し過ぎるだけなのかもしれない。

よし子は、米軍基地の元従業員だ。結婚をしているが子どもはいない。よし子自身の説明によると、基地を解雇になった理由には、いまだに納得がいかないという。基地撤去のストライキに参加したとか、労働組合の活動家だったとか、そういう理由ではない。どこまで信憑性のある話だかは知らないが、極めて個人的なトラブルによってだという。

よし子の言葉を額面通り受けければ、解雇の理由は「痴話喧嘩」が原因ということになる。いわゆる三角関係のもつれによる刃物沙汰だ。

「私はね、この事件を思い出す度に、ワジワジーする（腹が立つ）のよ。どうして私だけがクビにならなければならないのか。いまだに納得がいかないのよ」

この痴話喧嘩のことを、美由紀はよし子と相棒を組んだ最初のころから頻繁に聞かされた。よし子の口元が、蟹の口元に見えてきて、ぶくぶくと泡立つあぶくを思い浮かばせるほどだった。

「夫はね、浮気をしていたわけさ。あんたも男に捨てられたんだから分かるでしょう。男は本当に恥知らずだからね」

美由紀の場合は、捨てられたのではない、逃げてきたのだ、と言おうとしたがやめた。武男に暴力を振るわれたのだ。美由紀は暴力に耐えられなかったが、浮気だったら耐えられただろうか。

「相手の女も、基地に勤めていてね。私より若い子でね。カーギ（器量）は、どっこいどっこいよ。それでね、あんまり腹が立つもんだから、待ち伏せして懲らしめてやったんだよ。反省させようと思ってね。もちろん基地の中でさ。二人は不倫さね。人の道に外れているさ。それなのに、なんで私だけが解雇されるわけ？　合点がいかないさ。もっと合点がいかないのはね、あのハジチラーイナグ（恥知らず女）が、私を許すというわけよ。威張ってからに言うわけさ。私は刃物で刺されたけれど、よし子さんを許しますって。偉そうによ。本当は私に謝るのが筋でしょうが。それなのに、なんで私を許すって言うわけ？　私の方が許すかどうかは、決めるんでしょうが。もう、本当にワジワジーするさ」

よし子は、話す度にだんだんと興奮してくる。話し出したら、途中で話すことをやめようとはしない。

「本当はね、私も、最初は刺すつもりは、なかったんだけどねえ。つい、かっとなってねえねえ……」

……。計画的であったかといえば、計画的であったわけよ。私は、包丁を隠し持っていたから

　よし子が、ため息と一緒に大きく煙を吐き出す。この話をするときは、煙草の量も多くなる。ウチナーグチ（沖縄方言）も頻繁に飛ぶ。短くパーマをした髪に煙がかかるのも気にしない。

「夫はね、今も基地のガードマンをやっているよ。ところが、あのハジチラーも、基地内のレストランで、今でも働いているのよ。ハッサ（あれまあ）、本当に考えられないよね。今でも二人の仲が続いているのかと思うと悔しくてね。私を許しますよ、だってよ。私は許しませんよ。絶対に離婚なんか、しませんからね。一生、呪ってやるからね」

　美由紀は、よし子の話を聞いていると、人それぞれの生き方だとは思うが切なくなってくる。嫉妬に狂うほどに人を愛することなど、美由紀にはとてもできそうにない。あるいは、憎むことならできるのだろうか……。

　よし子の顔を見る。よし子はこの瞬間にも夫のことを考えているのだろうか。そう思うと、少し羨ましくも思う。私は二度と武男のことを考えたくない。たぶん、武男も、私や娘のことを考えることはないだろう。願わくは考えないで欲しいとも思う。

　よし子の横顔には、少し老いが見え隠れしている。美由紀と同じ年齢なのだが、美由紀には子どもがいる。よし子には子どもがいない。美由紀はその分だけ、よし子に比べると幸せに違

いない。たとえ相手の男に憎しみが募るとはいえ、確かに自分が生んだ子だ。寂しさも、憎しみも紛らわすことができる。

子どもの存在を、このように考えるのは、よくないことかもしれない。しかし、よし子にも子どもが一人でもできていれば、もっとゆったりと自分の人生を考えることができたのではないかと思うこともある。

よし子の夫は、現在、よし子と愛人の女性との間を行ったり来たりして二重生活をしているという。というよりも、愛人の元が生活の拠点になり、よし子のところには、時々すまなさそうに様子伺いに顔をだすという。美由紀には、なかなか想像ができない生活だ。どっちも気の毒だ。だれが、最も大切なものを失い、だれが、最も大切なものを得たのだろうか。

「あのね……」

美由紀とよし子が、同時に同じ言葉を吐いた。その瞬間だった。ドアがノックされて珠代が入ってきた。

美由紀は、思わず壁の時計を見る。もうすぐ午前零時だ。深夜番の珠代たちとの交代の時間だ。

「こんばんわ」

珠代が、挨拶をして部屋に入ってきた。それから、スーパーのネームの入った袋から煎餅を取りだし、卓袱台の上に置きながら、だれにともなく言う。

「外は寒いよ、きっと、夜だからだよね」

「そうね、きっと夜だからだね」

美由紀は、珠代の単純な言葉に笑ってうなずく。

よし子も笑みを漏らしている。

よし子が、顔を上げて美由紀に言う。

「続きは、またいつかね」

美由紀が、笑顔を浮かべてうなずく。

「ねえ、なんの続きなの？　ねえ、教えて？」

珠代が、興味深そうに二人の顔を交互に見る。そのとき、またドアがノックされた。今度は、千絵子が入ってきた。引継の時間だ。美由紀と、よし子は、慌てて帰り支度を始めた。

5

「ねえ、高志、ヌチガフウホテルの新築の話は進んでいるの？」

「うん、順調だ……。いいタイミングだと思っている」

「いいタイミング？」

「裏の畑で、殺人事件が起こっただろう。だから、新築して悪いイメージを払拭することができる」

「そうだね……」

美由紀は、高志の腕に頭を乗せながら、シーツを引き上げて寝返りを打ち高志を見た。

高志が美由紀の顔を見て再び言う。

「改築にしようかな、とも思ったけれど、新築にして良かったと思っている」

「そう……、そうだね」

「でも少し迷っている」

「何が？」

「殺人事件が起こったので、さらに大きくイメージを変えた方がいいかなと思って、設計をやり直そうかなと、迷っている」

「三階建ての新築なんだから、充分イメージは変わると思うよ」

「うん、それはそうだよね」

「予算の問題ではないのね？」

「大きな問題ではない」

高志が、ため息をつく。美由紀は余計なことを言ったかなと思って気が引けた。よし子さんは新築はおろか、改築することさえ止めて欲しいと美由紀に言ったのだ。

「それに迷っている点はもう一つある」

「もう一つ？」

美由紀が高志に尋ねる。

「ラブホテルをやめて、マンションにしようかなとも思っている」

「えっ？」

「そうすると、みんな仕事を失うことになる」

「そう、そうだよね」

「それに、ラブホテルを建てた祖父の意向にも背くことになる」

「……」

「だから、迷っている」

美由紀には答えられない。初めて聞く話しだ。

高志が笑顔を浮かべて美由紀に言う。

「でもね、美由紀、ぼくはこのラブホテルが気に入っている。思い出もたくさんあるからね。高校生のころから、このホテルと一緒に成長した気がするんだ。だから心配するな。マンションは頭の中だけのお遊びだ。この件は一件落着だ」

「びっくりしたよ……」

「ゴメンな。少し冗談が過ぎたかな。君枝さんやよし子さんたちにも、心配をかけたくないからね、このことは内緒だよ」

「うん、有り難う」

「でもね、美由紀……。ぼく、見たんだよ」

「えっ？　何を？」

高志の脈絡のない言葉を、美由紀は問いただした。

「何を見たの？」

「だからさ、あの日、殺人事件のあった日さ。ぼく、千絵子さんが裏の畑から出てくるのを見たんだよ」

「えっ、嘘、嘘でしょう？」

「それが、本当なんだよ。ぼくも不思議に思ったけどさ」

「そんなこと……、あるわけないよ」

「それが、あったんだよ。もちろん、千絵子さんは、ぼくが見ていることに気づいてはいなかったけどさ。困ったことにならなければいいけれどね」

「……」

美由紀は、言葉が返せなかった。高志から週末の誘いを受けて、久しぶりにヌチガフウホテルで共に時間を過ごしていた。まさかこんな話しを聞くとは夢にも思わなかった。マンションの次は、裏の畑で起こった殺人事件の話しだ。高志は、犯人を千絵子さんではないかと疑っているのだろうか。

「美由紀は、千絵子さんが裏の畑を耕していることを聞いたことがある？」

「いや、ないわよ」

「ないだろう、だから、千絵子さんは畑を耕していたわけではないんだよ。それに、あそこは、ぼくの土地ではないしなあ。勝手に他人の土地を耕しては、いけないはずなのになあ」

「……」

美由紀の頭は混乱した。言葉も容易には出てこなかった。何を問いただせばいいのかも、整理できなかった。

「ちょうど、一か月ほど前のことだから、時期もぴたりと合うんだよ。千絵子さんは、死体を埋めた後だったんじゃないかなあと思って」

「そう考えると……、辻褄が、合うのね」

「そうなんだよ、ぴたりと推理が当てはまるんだ。それに……」

「それに？」

「千絵子さんは、ゆすりをやっているんだろう？」

「ええっ？　どうして？　どうして、あなたが知っているのよ」

美由紀は、このことを高志が知っているのが意外だった。美由紀も、このことを知ったのは数か月前だ。千絵子と相棒の珠代が、月一回の模合（モアイ）の席で、美由紀の前で口を滑らせたのだが、美由紀は、ほとんど信じていなかった。

珠代も言い終わった後、しまったという表情をしていたが、おしゃべり珠代のことだから、根拠のないことを拠点に、ハリセンボンみたいに事実を膨らませて話しているに違いない。そう思ったのだ。あるいは、思いたかったのだろうか……。

「だれにも言わないでね、内緒だよ」

珠代にそんなふうに言われて、むしろ美由紀の方が、珠代に同じような言葉を返したのだ。あの日は、高志もゲストで参加していたように思う。珠代の内緒話しを聞かれたのだろうか。高志はどこに座っていたのだろう……。よく思い出せない。

美由紀の質問に高志は笑みを浮かべただけで答えない。美由紀が不安に駆られて、自分の言葉を言い継いだ。

「千絵子さんは裏の畑でこっそり野菜でも作って、みんなを驚かそうとしているんじゃないかしら。いろいろな趣味があるようだからね」

「そうだね、そうだといいんだがなあ。ゆすりがうまくいかなくて、男の人を殺したのかなあと思って、心配になってね」

「千絵子さんが畑から出てきたのを見ただけで、千絵子さんが殺したっていうわけじゃないでしょう」

美由紀は、少し苛立った。高志は、千絵子を、すでに犯人扱いしている。そんな確信的なことは言えないはずだ。畑の横には広いハカナー（墓庭）を持った亀甲墓もある。墓に縁のある人が関係しているかもしれない。ヌチガフウホテルの女たちだけが疑われることは腑に落ちない。

「そうだね……」

「そうでしょうが」

「辻褄が合わないことも、幾つかある」

よかったと思う。美由紀は胸を撫で下ろす。千絵子が犯人だと疑われるのは辛いことだ。

「警察は、東京から来た男が被害者だと発表している。だから……」

「だから？」

「だから、ゆすりとは関係ないかもしれないんだ。そこが辻褄が合わない」

「……」

「しかし、ゆすりは困る」

高志が、手を伸ばして、枕元の煙草をケースから抜き取り火を点ける。

「ゆすりを続けると、やめてもらうことになる。いつか注意をしなけりゃいけないと思っている」

高志が仰向けになり、ベッドの上で煙を吐く。

「寝煙草は、やめましょうって、あなたが各部屋に注意書きを置いたんじゃないの」

「そうだね……。でも、あれは、注意書きだよ。一服だけだよ」

「都合のいい理屈ねえ。しょうがないわねえ」

美由紀は、そう言って拗ねたように寝返りを打ち、背中を向ける。

美由紀の苛立ちは止まらない。高志が煙を吐きだす小さな音が背中で聞こえる。

高志が美由紀の苛立ちに気づいたのか慌てて優しい声を出す。

「ぼくも、そろそろ煙草をやめるよ……」

「うん、そのほうがいいよ。健康に悪いんだから」

高志の欠点は、煙草を吸う。この一点だけだ。ヘビースモーカーではないが、煙草をやめれば、高志は、もっとたくさんの女の子からモテるはずだ。

「まあ、そんなこともあるから、ホテルの建て替えは、いいタイミングではあるんだ。でも、従業員から犯人が出たら、全員クビにする」

「ちょっと待ってよ。ぶっそうな話しね。全員の責任にすることはないでしょう。みんな生活が掛かっているんだから……。よく考えてからにしてちょうだいね」

「甘いよ美由紀は。他人に甘いところが美由紀の欠点だよ」

「そんなことないと思うよ。とにかく、みんなの責任にすることではないと思う。それに、千絵子が犯人ってことは決してない」

「証拠があるのか」

「……」

美由紀には答えられない。でも、高志が千絵子を犯人だと疑っているとき話したときから、そんなはずはないと、千絵子のことが気になった。ソフトボールでホームランを打たれたとき以上に動揺が大きい。

美由紀の頭の中を、ダイヤモンドを駆け巡る相手選手のように千絵子のことが駆け巡った。千絵子が、ゆすりをするようなことがあっても、殺しをするほどに困っていたとは思われない。きっと何かの間違いのような気がする。高志の見込み違いだ。

千絵子とは、四、五年の間、一度もペアを組んだことはないが、言葉を交わしたことも何度もある。君枝さんが世話をみてくれている十名ほどの模合(モアイ)仲間がいる。ヌチガフウホテルの六名のスタッフのうち、半分の三名のスタッフが加わっている。千絵子は模合に加わっているわけではないが、時々参加してくれる。月一回の模合は、いつも楽しく会話がはずむ。みんなでヤンバルのカラスみたいに食べ物を前にして騒いでいる。気心は知れている。殺人をするような人ではない。

千絵子が多趣味だと聞いたことはある。最近、パソコンを習い始めたということも聞いたが、畑を耕したり、野菜を作ったりという話は一度も聞いたことはない。第一、千絵子は若いころは夫と二人で電器店をやっていたはずだ。畑を耕すことなんか、なかったはずだ。那覇からそれほど遠くはないK島の出身だと聞いたことはあるが、殺人をするようなことは考えづらい。

珠代と一緒にパソコンを習い始めたということは、これから何かを始めようとしていたということだ。それなら殺人事件に関わるはずがない。それが殺人につながる原因になるとも思われない。

「ねえ、高志……」

美由紀は、意を決して、高志の方に向き直り、収まりかけていた話題を、もう一度繰り返す。

「なんだ?」

高志が、煙草の吸い殻を、灰皿にこすりつけるようにして揉み消し美由紀の言葉を待つ。

「千絵子のことだけどさ、死体を埋めている姿を見たわけじゃないんでしょう?」

「うん、それは、そうだが……」

「ただ、服が汚れていた。そういうことだよね」

「うん、そうだよ。周回道路で出会っただけだ。でも、明らかに服だけでなく手足も汚れていた。あれは鍬を使った後だよ。そうでなければ、あんなに汚れるはずがない」

「鍬は持っていたの？」

「いや……、持ってはいなかった、ような気もするが」

「ほらね。千絵子は働き者だから、庭を掃除してチリを畑の方に捨てに行っただけだということも、あり得るよね」

「うん、それは、あり得ることだ」

「転んで、服を汚してしまったってことだって、あり得るよね」

「うん、それも、あり得る……」

「本当に、野菜作りをして、みんなを驚かそうとしていることだって、あり得るよね」

「そう、それもあり得る。でも、鍬を隠していたってこともあり得るよ。帽子を深く被って、人目をとても気にしていた。そーっと隠れるようにして畑の方の灌木の茂みから、姿を現したんだ。ぼくが乗った車を見て、驚いていた。もちろん、運転しているのがぼくだとは気づかなかったようだがね」

「人違いってことも、あり得るよね」

「それは、もちろん、あり得ると思う」

「千絵子がホタルが好きだってこと、知っている?」

「それは知らない」

「裏の小川の周りでホタルが出ること知っている?」

「それも知らない」

「もういいわ。これだけ聞けば、十分だわ」

美由紀は、祈るような気持ちで高志を見た。

高志も、美由紀の思いに気づいたのだろう。美由紀を引き寄せて瞼にキスをし、それから指で優しく髪を梳いた。美由紀には、とても長い時間が流れたような気がした。涙が滲んできた。

「美由紀、どうした?」

「どうもしないよ」

「涙をこぼしているじゃないか」

「勝手に、流れているんだよ」

「心配するな。ぼくだって、千絵子さんを犯人だと決めつけているわけではない。そんなに深刻に考えないでいいよ。たとえ、犯人であっても、匿(かくま)いこそすれ、警察に届け出ることはしないよ。ちょっと、冗談が過ぎたみたいだな」

「……」

「考えてみろよ。このヌチガフウホテルから犯人を出したんじゃ、商売にも影響する。新築どころではないよ。心配しなくてもいいよ」

「うん、有り難う」

美由紀は、そう言った後、続いて出てきそうになった言葉を飲み込んだ。いや、出てきそうになった言葉を飲み込むために、そう言ったのかもしれない。

美由紀は、様々な思いを巡らしながら涙をふいた。それから、高志の指先の感情に、しばらく身をゆだねた後、勢いよく高志を抱き締めた。

6

美由紀は、高志とホテルを出た後も、千絵子が犯人ではないか、という高志の冗談が頭から離れなかった。子どもの夕食を作っている間も、グランドでボールをノックする音のように、高志の言葉が間断なく聞こえてきた。仲間たちがエラーをすると、コーチや監督の叱責が飛んでくる。その叱責をキャプテンである自分の責任だと、身体いっぱいに背負いこんで、何日も何日も悩み続けたこともあった。そんな遠い日以来の衝撃だ。

高志は、ホテルを出た直後、「ぼくが犯人だったらどうする?」という冗談を言ったが、このことも頭から離れない。高志は、すべてを知っているのだろうか。だれかを庇(かば)おうとしているのだろうか。あるいは、その逆なのか。だんだんと不安が大きくなる。

美由紀は大きくため息をついた。遺体の身元を加藤武男だと警察が発表したことは知っている。高志には知らない振りを装ったが、警察の捜査の手は、間もなく美由紀にも伸びてくるに違いないと覚悟を決めている。

横浜での数年間、あの男、加藤武男と一緒に住んでいたのだ。入籍はしていなかったが、夫婦のような生活を続けていた。高志には内緒にしていたが、娘の父親だ。

あの時の悩みも大きかった。様々な悩みが美由紀を襲った。でも、今の悩みは、あの時の悩みとは明らかに違う種類の悩みだ。説明することは難しいが、武男といるときの悩みは、悩みさえも見えなかった。悩みの渦中にいて、自分も回転している洗濯機の中の一つの汚れた衣服だった。必死に内側から外へ飛び出そうとしていたが、大きな水流のような圧力がしっかりと美由紀の身体全体にのしかかっていた。

美由紀は、当時悲鳴をあげるのに精一杯で、のしかかっているものを取り除くことはできなかった。のしかかっているものが何であるのかも見極めることができなかった。今、考えると、そのような気もする。絶望感と疲労感に打ちのめされて、闇の中で、八方を塞がれた兎（うさぎ）のように怯えていたのだ。高志が言うように、相手に甘すぎたのかもしれない。

しかし、今、目の前にある事件は単純だ。いや、事件は目前にはっきりと現れている。怯えの原因も分かっている。男が一人殺された。死体はヌチガフウホテルの裏庭ともいうべき畑地から発見された。犯人の嫌疑が同僚の千絵子にかかっている。それだけだ。

千絵子は、必死で生きている。千絵子とは、それほど親しいわけではないが、同僚の一人として好感を持っている。失踪した夫を捜しに単身で東京まで出かけ、七年ほどの生活を経て帰ってきた。絶望と苦労の連続であっただろう。失ったものは余りにも大きかったはずだ。でも、六人のスタッフの中で、最も明るく振る舞っているのは、いつも千絵子のほうだった。

自分は、武男のことで、それほどの努力をしただろうか。そう考えると恥じ入るときもある。同時に、千絵子とは、男との不幸な出会いを余儀なくされた者同士という奇妙な連帯感もある。また、千絵子があの明るさで、年下の珠代を可愛がってくれているのにも感心する。珠代は時々感情的になることもあるが、いつも千絵子が、なにくれとなく面倒をみてくれている。

千絵子だけではない。よし子も、そんな苦労人の一人なんだ。よし子も少し嫉妬深いけれど、どこかで人生の歯車が狂っただけなのだ。そして、元はと言えば、よし子の場合は、夫の不倫が原因だ。よし子の言うとおり、よし子は被害者なんだ。夫の不倫さえなければ幸せな結婚生活が続いていたに違いない。よし子のせいではないのだ。嫉妬心が強い分だけ思いやりも強いはずだと美由紀は思っている。

よし子は美由紀とのペアで、無断欠勤もよくするが、このことを高志に告げ口しようとは思わない。少しだけ、お酒の匂いをさせて出勤することもあるが、このことも黙っている。夫に相手にされないよし子の苦しみが、手に取るように分かるからだ。

最近は、夫が家にやって来る回数が以前よりも少なくなったと嘆いている。浮気した女のところへ、夫の心が傾斜していくのが見えるだけに辛いのだろう。そして、美由紀へ皮肉混じりにつぶやいている。

「イナグ（女）とイキガ（男）の仲は、分からんからねえ。あっちの味も一度覚えたら、捨てがたいというしねえ」

よし子が、エロっぽい科（しな）を作って言い続ける。

「でも、ワッターは（私たちは）いよいよ、別れる日が近くなったような気がするよ。そのときは、先輩の美由紀さん、どうか、ユタシク（よろしく）アドバイスをお願いします」

よし子は、例の調子で、美由紀を見ずに、自嘲気味な笑いを浮かべながら言い放った。でも、夫と別れるようなことがあったら、一か月ぐらいは目を真っ赤にして泣き続けるのではないかと思う。

このヌチガフウホテルの女たちは、みんな心優しいがゆえに、傷ついた人たちだ。挫折をし、そしてそれを乗り越えようと懸命に努力している。中には、いまだ、うまくいかない人もいる。でも、だれもが人生を投げ捨ててはいない。大切なものを失った世界で、人はいかに生きていくか。このことの答えを必死に探しているように思われる。ヌチガフウホテルの女たちから犯人を出してはいけない。みんな、もう十分に苦しんできた人たちなのだから。

美由紀は、そんなふうなことを考えて、思わず、まな板の上のジャガイモを切るのに、力を入れ過ぎていたことに気がついた。ヤカンからは勢いよく湯気が吹き出している。美由紀は慌ててスイッチを切り、後ろを振り返る。老母と娘が、仲良くテレビを見ている。自分は幸せなんだと思う。たぶん、一時期の危機は脱している。

「お母ちゃん、ごはん、まだなの？」

小学校に通うようになった娘の朱里（あかり）が甘えた声を出す。

「もうちょと待ってね。ご飯が炊けたらすぐだからね。今日は、朱里の大好きなカレーライスだよ」

「やったー」

朱里のはしゃぎようを見て、美由紀も嬉しくなる。

朱里の顔は別れた男に似ている。やや面長で、一重瞼だ。もちろんそれだからと言って朱里に注ぐ愛情は変わらない。愛情は変わらないが、ふと甦ってくる記憶の契機になるのは辛い。

朱里は父親のことを尋ねようとはしない。しかし、朱里の記憶にも、おぼろげながら残っているはずだ。朱里は一人で自らの出生の秘密を知り、母親である私の過去を担げるだろうか。

朱里が一度、母親である自分の仕事を尋ねたことがある。詳細なことは説明できなかったがホテル従業員だと答えたら、満足した笑みを浮かべて二度と尋ねることはない。

しかし、もう少し大きくなったら、ホテル従業員でも、その中身がかなり違うことが分かるだろう。美由紀のヌチガフウホテルでの仕事を嫌うだろうか。少し不安になる。そのときは、どのように言ったら理解してもらえるのだろうか。あるいは理解してもらうには時間がかかるかもしれない。また、結局は理解してもらえないかもしれない。でも、この仕事を辞めようとは思わない。何も卑下する仕事ではないのだから。

先代がヌチガフウホテルを始めた理由を、君枝さんが一度語ってくれたことがある。このことを、ふと思い出した。

「朱里ちゃーん、おばあちゃんに、お茶を持っていってちょうだーい」

美由紀は、大きな声をあげて、テレビを見ている朱里に声をかける。

おばあちゃんも、美由紀の仕事に、最初のころは、ぼそぼそと愚痴をこぼしていた。

「何も、わざわざ、ヤマトから帰ってきて、ラブホテルなんかで働かなくてもいいのに。男と結婚もしないで、子どもを生んで帰ってきたということだけでも、肩身が狭いのに、こんな恥ずかしい仕事に就いてからに……」

「恥ずかしい仕事ではないよ、おばあちゃん。私たちは、何も恥ずかしいことをしているわけではないんだから。たまたま、この仕事に巡り会っただけのことよ。それとも、おばあちゃんも、ヌチガフウホテルで働いてみる？　そうしたら、何も恥ずかしい仕事でないことが分かると思うけど、やってみる？」

おばあちゃんは、理解できたわけではないだろうが、最近では愚痴をこぼすことはなくなった。そして、自分からさっさと息子夫婦との同居生活をやめて、小学校に入学した朱里の面倒を見るという口実で、美由紀の元に転がり込んできたのである。

もちろん、美由紀にも異存はなかった。早くに連れ合いを亡くした母は、女手一つで二男二女を育ててきたのだ。そして、美由紀は、わがままを言って、数年間も本土での生活を送らせてもらったのだ。高校を卒業しても、母親の孝行ができなかった分だと思って頑張っている。

美由紀は、そう思って、棚から急須を出すと、老母の前に持っていくために茶を淹れた。

「朱里ちゃーん、ほれ、おばあちゃんへのお茶」

「はーい。分かった」

朱里が立ち上がる。それから盆を受け取り、おばあちゃんの前で茶碗に湯茶を注ぎ入れる。

「有り難うねえ、朱里ちゃん、おばあちゃんは、もうすっかり足腰が弱くなってねえ」

おばあちゃんが、にこにこと笑いながら朱里に気を遣っている。

「おばあちゃん、気にせんでいいのよ。私、テレビに夢中になっていただけなんだから」

朱里が元気な声でおばあちゃんに返事をする。そして、おばあちゃんの肩を数回揉んでから、再びテレビの画面を見る。

そんな朱里を見て、美由紀は思わず涙がこぼれそうになる。優しい子に育ったと思う。この子を武男に渡すわけにはいかないのだ。たぶん朱里は、自分がいなくなっても、おばあちゃんと二人で、なんとかやっていけるはずだ。美由紀の目に涙が滲む。

「お母ちゃん、どうしたの？」

朱里が美由紀の泣き出しそうな顔を振り返り見て、不思議な顔をする。

「なんでもない、なんでもないのよ」

美由紀は慌てて涙をぬぐい、笑顔を浮かべた。

「変なお母ちゃん」

「うん、変なお母ちゃんだね……」

美由紀は、今度こそあふれる涙を押し止めようと懸命になった。そんな美由紀のしぐさを、老いた母親が、そーと見つめていた。

7

朱里の脳裏に父親の記憶はどのように残っているのだろうか。美由紀は、時々気になって尋ねたことがある。今考えると、随分残酷な問いかけだったような気もするが、当時はそうは思わなかった。

美由紀と朱里が武男の元を去ったのは、朱里がもうすぐ三歳の誕生日を迎えるころだった。朱里は、最初のころこそ父親がいないのを不思議がったが、時間が経つにつれて何も言わなくなった。今では、もっと早く武男との生活を清算しておけばよかったと悔いている。もっとも、武男は別れる前から家にいることはほとんどなかったから、朱里には武男の記憶はインプットされなかったのかもしれない。たとえ記憶があったとしても、それはわずかなもので、すぐに薄れていったのだろう。武男は父親らしい振る舞いさえ、ほとんどしてくれなかったのだから……。

それにしても、父親の不在を辛く思う日々が朱里にもやって来るのだろうか。そのような日々が訪れないことを祈るだけだ。

武男は、ひどい男だった。別れた今でも、美由紀はそう思っている。武男と出会ったのは、美由紀が高校を卒業してから二年目の春、母親の反対を押し切って、就職を決意して出かけていった横浜の街でだった。

美由紀は、高校を卒業する前、看護師の仕事に憧れて県立の看護学校を受験したが失敗した。もっともソフトボールの練習に明け暮れて、ほとんど受験勉強らしい勉強もしないでの毎日だったから、さほどショックもなかった。

美由紀の家は、一年間浪人をするほどの経済的余裕はなかったから、介護士でもいいと思って、すぐに気持ちを切り替えて地元の介護士を養成する専門学校へ入学した。アルバイトをしながら二年間、勉強を続けた。

美由紀は、持ち前の明るさで、同時期に入学した生徒たちのリーダー的な存在になっていた。また、専門学校の教師たちからも、学校行事等になると、美由紀の意見を皆の代表の意見として採用するほどに一目置かれる存在になっていた。

しかし、美由紀は次第に県外での就職を考えるようになっていた。夏休みになると、県外で就職した友人や進学した友人たちが帰省してきたが、彼女らが語る本土での体験は辛い出来事が多かった。しかし、美由紀にとっては好奇心をくすぐり、負けん気に火を点けるものだった。

美由紀は、母親や専門学校の担任教師が、県内就職にしたらという意見を受け入れずに、さっさと就職口を探し、横浜市内の介護施設への就職を決めた。

美由紀は、こうと決めたら行動も早かった。一人で横浜に行き、その翌日には不動産屋を通して格安値段のアパートを予約した。そして、専門学校を卒業すると、すぐに横浜での介護士の仕事をスタートさせた。

今、考えると、格安のアパートでなくセキュリティのしっかりしたアパートに引っ越せばよかったと思う。また、どうしても横浜ということでもなかったから、もっと地方の都市を選べばよかったのだと思う。ここから、過ちのレールに乗った列車が動き始めたのだ。もちろんだれでもない。美由紀自身が敷いたレールであり、美由紀自身が選び取った列車だ。運命と言うなら、それもまた美由紀自身が選んだものだ。

美由紀のアパート探しを熱心に手伝ってくれたのが不動産会社で働いていた加藤武男だ。武男は、美由紀より年上で落ち着いていた。美由紀も安心して武男の説明をうなずきながら聞き入れた。

武男たちの会社に紹介されたアパートに入居後、一、二か月も経たないうちに、何度か不審な出来事が続いた。洗濯物がなくなったり、母親が送ったという小包がいつまでも届かなかったりした。さらに無言電話がかかってきた。怪しい人影を見かけるようにもなった。

アパートは、各階に四世帯ずつが入居している三階建てで、美由紀の部屋は一階の西端にあった。心配になって不動産屋に相談した。その時にも、美由紀の不安に寄り添って親身に相談に乗ってくれたのは武男だった。武男は玄関の鍵を二重に取り付けてくれた。美由紀は心から感謝の言葉を述べた。

「美由紀さんは、ソフトボールをしていたんですか。かっこいいですねえ」

武男は、玄関脇に飾ってある高校時代の大好きな仲間たちとのユニフォーム姿の写真を見つけて感想を述べた。

「実は、ぼくもソフトボールをしていたんですよ」

「ええっ、本当ですか？」

美由紀は、武男のその言葉に、思わず言葉を返していた。

「ええ、本当ですよ。もっとも、ぼくは三年間補欠ばかりでしたからね、一度も守備にはつけなかったんです。三塁コーチがぼくの専門でした。腕をぐるぐる回すだけの、回し屋」

武男のユーモラスな話を聞き、美由紀は塞いでいた気持ちが一気に晴れるようだった。いや、その時に、もう少し冷静に武男を見ていれば、ほくそ笑んでいる武男の魂胆に気づいていたかもしれない。武男の下心を見抜いていたかもしれない。

美由紀は武男へ茶を淹れ、お互いに再度名乗り合い、しばらくソフトボールの話で盛り上がった。母親が送ってくれたパイナップルを切って武男に食べてもらった。ちょうど故郷を離れてから三か月余、寂しさに囚われ始めている時期だった。

「ぼくの祖父は、沖縄戦で亡くなったんです。だから沖縄には特別な思いがあるんです。もちろん、沖縄の人にもです」

「時々、見回りに来てあげますから、心配しないでください。大丈夫ですよ」

武男は玄関を出ていくとき、美由紀を振り返って優しく微笑んだ。

「よろしく、お願いします」

美由紀は、思わず笑顔を作って頭を下げていた。

8

その日を境に、武男は笑みを浮かべながら、時々美由紀の様子を伺いに来た。最初は遠慮がちであったが、美由紀の警戒心が緩むのを見計らっていたかのように、部屋へ上がり込むようになった。

部屋へ上がり込むようになったかと思うと、間もなく、美由紀は強引に武男に組み敷かれた。美由紀は、精一杯抵抗したが、男の腕力には勝てなかった。まさか、こんな形で純血を奪われるとは夢にも思わなかった。また、そのような相手として武男を見たこともなかった。無念さが込み上げてきた。

「こんなんじゃない、こんなんじゃない」

美由紀は、犯された後でも涙が止まらなかった。ソフトボールで鍛えた体力といえども、飢えた男の前には、ひとたまりもなかった。逆に健康な肉体は情欲をそそることになったのかもしれない。顔を叩かれ、めまいがした。わき腹を殴られ、息が詰まるようだった。手首を脱臼し、唇から血が流れた。

武男は、そんな美由紀をいたわることなく、翌朝まで美由紀の部屋に居続けた。死んだように横になった美由紀を勝ち誇ったように見下ろし、時には甘い言葉を囁きながら、思い出したように何度も服を剥がれ、また犯された。

家を飛び出して、逃げようとする美由紀を、武男が背後から捕まえて引きずり倒す。隙を見て何度も逃げようとするが、その度に引きずり倒される。

「警察に届けたら殺す。俺の配下の若いのもいるからな。必ず殺すぞ」

美由紀は、やがて武男に両手両足を縛られて目の前に転がされた。無念さと悲しみで、舌を噛み切ろうかとさえ思った。

「本土では辛いことが多いのよ」

そんなふうに言っていた友人たちの辛いこととは、このことを指していたのかなと思った。朦朧とした意識の中で、初めて本土へ渡ってきたことを後悔した。しかし、もう遅かった。

美由紀は、翌日、病院へ行き、傷ついた身体を診てもらった。武男がずっと付き添った。心配したのではない。逃げたり警察へ駆け込んだり、不審な行動を取るのを防ぐためだ。自宅に戻っても武男は居座った。その間も、武男は美由紀をいたぶった。

美由紀は、犯される度に、悔しさと同時に、守り通してきた純血など、もうどうでもいいことのように思われてきた。武男の甘い囁きにも、少しだけ真実が含まれているような気もした。その一瞬の気の緩みが、後々大きな後悔につながることを、その時はまだ気づかなかった。

一週間ほど経ってやっと顔の腫れも引いたので再び職場の介護施設へ出勤した。しかし、何だか身体中に違和感があり、いつもと同じように振る舞うことができなかった。殴られた身体にも、いたぶられた下腹部にもまだ痛みが残っていた。

「美由紀さん……、なんだか変だよ」

そんなふうに、言葉をかけて気遣ってくれる同僚もいたが、笑ってごまかした。返事をすると、すぐに熱い涙がこぼれそうだった。

身体の痛みも、心の痛みも、流れていく歳月が徐々に和らげてくれるというが、それほど簡単なことではなかった。仕事から帰ってくると、何をする気にもなれなくて何日も泣き続けた。

武男は、それから後も、度々やって来ては、強引に部屋に上がり込んで美由紀を抱いた。美由紀は、やはり警察へ届けようかと思ったが、本土で一人で生きるとはこういうことなんだと自分に言い聞かせ、抵抗しながらも、結局は武男に組み敷かれた。徐々に痛みも抵抗感も薄らいでいた。これが新しい生活のスタートになるかもしれない。そんなふうに自分に言い聞かせながら、徐々に身体を開いていった。

武男は、次第に図々しくなった。やがては宿泊するようになり、さらには朝食を強要して、美由紀の家から、職場の不動産屋へ出勤するようになった。

「南の女は情が深いというけれど、本当だなあ。美由紀と巡り会えて本当によかった。俺は幸せだ。愛しているよ、美由紀」

武男は、そんなふうに囁き、にやにやと下卑た笑みを浮かべては美由紀を抱いた。

美由紀は、武男の愛情を信じることはできなかったが、武男を利用することが得策ではないかと、次第に考えるようになった。武男の行為に、無理にでも小さな優しさを探しては自分を安心させた。しかし、武男の言動は、多くはそんな美由紀を落胆させることばかりだった。

美由紀と武男の奇妙な同棲生活が始まってから間もなくのことだった。テレビを見ながら、ビールを飲み、ふんぞり返っている武男が、他人事のように言い放った。

「美由紀……、お前、本当に俺がソフトボールの選手だと思っていたのか」

「えーっ、違うの?」

「当たり前さ、違うさ。馬鹿か、お前は」

美由紀は､悔しかった。騙されたと思った。最初から計画的な犯行だったのだ。一瞬であれ、武男に優しさを感じた自分が哀れにさえ思えた。本当に馬鹿だと思った。

「ひどい、ひどすぎる……」

美由紀は、思わず両手で武男の胸を突き、こぶしで強く叩いたが、それの何倍も強い張り手を頬に喰らった。そして、その日を境に、気に喰わないことがあると、武男は美由紀を殴り、足蹴にした。

「美由紀、もっと教えてやろうか。洗濯物を奪ったのも俺、お前の母親からの小包を奪ったのも俺さ。気づかなかったのか。本当に馬鹿だなあ、お前は……。それとも俺に抱かれたくて、気づかない振りをしていたのか」

美由紀は悔しかった。言葉も出ないほどだった。こぶしを握った後に目頭を押さえた。

「あの日は最高だったなあ、あの時の美由紀の抵抗、今考えただけでも、ぞくぞくするよ。さすがソフトボール部のキャプテンだ。なあ、美由紀」

武男が美由紀を抱き寄せる。乳房を掴む。美由紀は力強く跳ね除ける。泣き声をあげながら、武男の胸をたたき、押し返す。しかし、両手を掴まれ、足払いをされ、床に倒され、組み敷かれる。そして、暴力的に衣服を破り取られる。

「暴れろ！　美由紀。暴れろ！」

武男は、美由紀の抵抗を楽しむように薄笑いを浮かべて、美由紀を犯した。そして、歳月を重ねると、美由紀のアパートで我がもの顔に振る舞った。

「美由紀、お前は最高だ。逃げる女がいいんだよなあ」

どうしようもなかった。美由紀は、やはり警察へ届けるべきだと思った。この男を愛することはできないと思った。

しかし、ちょうどそのとき、美由紀は自分の身体の異変に気づいた。妊娠していることが分かったのだ。このことが、美由紀を一瞬ためらわせた。子どもができたら、武男の態度も変わるのではないか。そんな一縷の望みを抱いたのである。そんな思いで、武男に赤ちゃんができたことを告げた。

しかし、このことを告げても、武男の態度は全く変わらなかった。

「生みたけりゃ、生めばいいさ。ただし、俺は子どもは嫌いだ。面倒なんかみないからな」

武男は、ふんぞり返って、美由紀の顔を見ずに言い放った。美由紀は絞り出すような声で言った。

「結婚して欲しい……」

「結婚？　馬鹿か、お前は！」

武男の足蹴りが飛んできた。

「俺はな。祖父を殺した沖縄が憎いんだ。そんな沖縄の女とだれが結婚するか」

「俺が言ったことで嘘でないことが一つある。祖父が沖縄戦で死んだことだ。これだけはホントだ。だが、他はみんな嘘だ。沖縄に感謝しているんじゃない。沖縄を憎んでいるんだ。馬鹿だな、お前は」

美由紀は、本当に馬鹿になっていたのかもしれない。そうでなければ、武男との生活に耐えられなかったはずだ。そうでなければ、こんなお願いをしなかったはずだ。

美由紀は、武男の態度が変わるのを信じて子どもを生んだ。故郷の母親にも内緒での出産だった。朱里と名付けた。大好きな高校時代の友達の名前だ。女の子が生まれたら、お互いの名前を付けようねって約束していた。ソフトボール部でバッテリーを組んでいた友達だ。しかし、武男は生まれた朱里に無関心だった。ミルクを与えようともしなかった。泣いても胡散臭そうに見つめ、おしめを替えてもくれなかった。もちろん、名前を呼んで抱き上げることもなかった。むしろ、朱里の泣き声を聞くと、やかましい、とヒステリックに声を荒げ、部屋を出ていくことが多かった。

美由紀は、武男に対して、多くのことを期待することを諦めた。そして、朱里を育てながら、再び自分の夢に向かって歩き出そうと決意した。働きながら看護師の資格を取る。その資格を活用し、できることなら、将来、海外の貧しい国々で人々の手助けをしたい。このために、横浜にも来たのだ。もう一度夢にチャレンジしたい。美由紀の負けん気が頭をもたげてきた。

勤め先の介護施設を代えて、病院へ就職した。附属の看護師養成所を設けている病院だった。消えかかった夢を、もう一度立て直したいと思った。そして、もう一度、武男の優しさを信じてみようと思った。武男は、まったく美由紀母子を省みないわけではない。時々は、優しい微笑を浮かべることもあるのだ。朱里のためにと、パチンコで手に入れた玩具を捨てずに、持ってくることもあるのだ。

しかし、やがて、武男自身の口から、意外な事実を知らされた。武男は、既に会社をクビになっていたのだ。武男は、美由紀だけでなく、美由紀にやったことと同じような手口で数名もの女を騙し、紐のような生活をしていたのだ。それが会社にバレて解雇されていたのである。

美由紀は、悲しかった。こんな男に騙されたのだ。自分は何をしているのかなと思った。なんのために本土へ出てきたのか分からなかった。二人の弟や妹のこと、母のことが何度も脳裏を駆け巡った。あるいは、父親がいたら助けを求めていたかもしれない。しかし、父親は既に亡くなっていた。

武男は、働こうとはしなかった。家の外でも内でも、やくざのように振る舞い、家にある金を鷲掴みにして、自分の遊興費に充てるようになっていた。最初のころに垣間見えた優しさも、全く見られなくなった。

娘の朱里が、むずがって泣きやまないのに腹を立てて、頬を叩いた。美由紀は、もう限界だと思った。これ以上一緒に住むことはできないと思った。これ以上一緒に住むと、朱里も自分も壊れてしまう。そう思い、美由紀は思い切って家を出ることを決意した。しかし、悲しいかな、そのときに二人目の子どもを身籠もっていることが分かったのである。迷いながら、このことを武男に告げると、予想どおり、武男は全く関心を示さなかった。美由紀は横浜市内の病院で隠れるようにして、二人目の子どもを中絶した。

もう気持ちは揺るがなかった。武男のいない日を見つけて、朱里を抱いて逃げるように住居を移した。朱里と一緒にこの地に留まり、何とか頑張ろう、夢を実現するまでは、と思ったのだ。もちろん、武男と別れることに悔いはなかった。むしろ、武男が目の前に現れるのを恐れた。

しかし、朱里を抱えながら、夢を追い続けるのは難しかった。幼い朱里との二人の生活は、心身共に限界だと思った。いつ現れるかもしれない武男の姿にも怯え続けた。

美由紀は他府県へ移って生活を立て直すことも考えたが、故郷へ帰ることが一番だと思った。潰(つい)えた夢をまた耕しては植え続けた自分が惨めだった。一瞬の戸惑いやためらいが大きく傷口を開いているのに気づいたのだ。世間の目と母親の嘆く姿を想像するとためらわれたが、朱里のためにもと、意を強く持った。

美由紀は、看護師の資格を取ることを諦め、軽蔑や同情の目に耐えることを決意して、朱里を抱えて、武男の目の届かない沖縄へ戻ることを決意したのだ。

9

よし子が、自殺を図ったという電話が、美由紀の携帯に入った。よし子の夫からである。美由紀は驚いた。すぐによし子が入院しているという病院へ駆けつけた。

「家内が、あなたを、呼んでくれって言うもんですから」

よし子の夫はベッドの傍らに立って美由紀を迎え、消え入りそうな声で美由紀に事情を説明した。

美由紀は、ベッドに横になったよし子の姿を見て、なぜか涙が止まらなかった。思わずベッドに擦り寄ってよし子の手を握りしめた。その手首に痛々しいほどの包帯が巻かれていた。よし子は、手首を切ったと、傍らの夫が、やはり神妙な顔で説明した。

よし子も、無言のままで美由紀を見つめ、片手で涙をぬぐい続けた。やがて、よし子がかすれた声で美由紀に言った。

「美由紀さん、忙しいところを呼び出して、ごめんね」

「何も謝ることなんかないよ」

「仕事のこともあるけれど、他にも、いろいろと相談したいことがあったもんだから……」

「気にすることはないって」

「このまま死んだら、美由紀さんに申し訳ないなあと思って」

「そんなことないって。死なないの」

「……」

美由紀の言葉に、よし子が涙をぬぐう。しばらく沈黙した後、再び意を決したように言葉を言いつなぐ。

「ごめんね……。私、美由紀さんに意地悪ばっかりしてきたからね。死ぬ前に美由紀さんに謝りたいなあと思ったんだ。許チ、トゥラシヤ（許してくださいね）」

「何、言ってるのよ。謝ることなんかないって。死ぬことなんかないって……」

「そうだね。失敗しちゃたからねえ」

よし子が小さく声をあげて笑う。

「でもね、いろいろと感謝しているんだってこと、伝えたかったんだ。それに……」

よし子は、そう言うと、今度は言葉に詰まった。よし子の視線の先に夫がいる。その夫に気遣っているようだった。

美由紀は、よし子の夫に初めて会うが、想像していたよりも身体は小さく老けているように見えた。頭の前の部分が禿げ上がり、額は大きく、てかてかと光っている。

「あんまり、奥さんを心配させないでくださいよ」

美由紀は、思わず強い調子で、言い放っていた。

美由紀の言葉を聞いて、夫は恐縮して頭を下げた。よし子は、ベッドの上で泣き笑いの顔になった。

「いいのよ、美由紀さん」

よし子の言葉の後に、夫はベッドの傍らで、震えるような声で小さくつぶやいた。

「申し訳ありません。心配をかけました。もう、これからは、よし子を大切にして、女房孝行をしたいと思います」

「えっ？　本当なの？」

美由紀とよし子が、顔を見合わせながら、同時に夫のほうに顔を向ける。

「本当です。……俺のために、よし子は死のうとしたのですから」

夫は、もう一度頭を下げた。そして當山邦夫（くにお）と名乗って自己紹介をした。よし子は、それを見て笑って言った。

「この人は、そうは言っても、本当かどうか分からないよ。男の人は、ソーキ骨（ブニ）が一本足りないっていうからね。ウチの人は、二本ぐらい足りないはずだよ」

「いや、一本です」

夫が、よし子の言葉に、頭を掻いて小さく微笑を浮かべ、うつむき加減に返事をする。なんだか美由紀には、二人の姿が微笑ましくさえ思える。

「そうして下さいね。よろしくお願いします」

美由紀は、二人のやりとりを見て、思わず笑顔がこぼれて言葉が出る。武男とも、このような日がいつか訪れることを信じて耐えたのに無駄だった。報われる人もいれば、報われない人もいるのだ。

よし子は苦笑している。

「美由紀さん、私が休んでいると、お仕事、一人では大変でしょう。社長に、お願いして、代わりの人を雇ってもらったらいいさ。私は会社を辞めることにするから」

「何言ってるの、よし子は……。すぐに良くなるんだから、代わりの人なんかお願いせずに頑張って待っているわ。だから、早く良くなってね」

「うーん……」

「どうしたの、よし子。いつものよし子らしくないわね。もっと、シャキとしなければ、シャキっと……」

「そうだね、有り難うねえ、美由紀さん」

よし子の目に、再び涙が溜まっている。

「私は、どうして美由紀さんに意地悪ばっかりしたのかしら」

「意地悪なんか、していないって」

「そう……、有り難う」

よし子は、そう言って、傍らのティッシュを取って涙をふいた、看護師がやって来て、よし子の血圧を測り、脈を取った。腕をまくったよし子の白い素肌が見える。

「あんた……」

よし子が、看護師が去った後、夫に向かって言う。

「少し気を遣ってよ。私、美由紀さんと話があるの。だから、呼んだの。その間、ちょっと散歩にでも行ってくれないかな？　一時間ぐらい」

「ああ、いいよ。気がつかなかった。ごめん」

夫が、頭を掻き一瞬怪訝な表情を見せた。美由紀も何のことだか予想もつかなかった。一時間は、長すぎるような気もする。

夫が、微笑を浮かべながらよし子の方を向いた。よし子は、顔いっぱい笑みを浮かべている。それを見て、夫は安心したような笑顔を見せて部屋を出ていった。

美由紀は、よし子の手招きに応じるように椅子を持ってベッドに近寄った。

よし子は小さな声で、美由紀に告げた。

「ウチの人のために自殺したなんて、ウチの人が勝手に思い込んでいるだけよ。都合がいいから、そういうことにしようとは思っているんだけど、理由は、別にあるのよ」

「……」

美由紀は、わけが分からなかった。緊張しながら身を乗り出した。よし子は何を言おうとしているのだろうか。だれのために自殺を考えたのだろうか。美由紀には予想もつかなかった。よし子の次の言葉を注意を傾けながら待った。それは思いも寄らないことだった。

10

ホウオウボクの赤い花が散り始めていた。もう夏の終わりの季節を迎えていた。ヌチガフウホテルの周辺の木々で喧しく鳴いていたクマゼミの声も、いつしか消えていた。

美由紀は、揺れるホウオウボクの緑の葉を見ながら、周回道路を横切って給仕室のドアを開けた。今週からローテーションが変わり、朝番の朝八時から午後の四時までの勤務である。この時間帯が客の出入りは少なかった。一人で勤務をする美由紀には都合がよかった。よし子は、あと四、五日もすれば退院できるはずだが、仲間の君枝たちが配慮をしてくれたものだ。美由紀は、深夜番の君枝たちに丁寧に礼を述べて引き継いだ

君枝たちを見送り、コーヒーを淹れて、家から持ってきたクッキーを口にして一息つく。

やはり、よし子が言った病院での言葉が甦ってくる。どうすればいいのだろう。よし子が夫を追い払った後の告白は深刻なものだった。よし子の告白を思い出すと、今でも動悸が激しくなる。大きなため息を一息ついた。

よし子の告白によると、あの晩、加藤武男が死んだ晩だ。よし子は夫との関係がうまくいかない鬱陶しさもあって、居酒屋へ飲みに行ったという。そのとき隣に座っていたのが死んだあの男、加藤武男に違いないというのだ。警察が被害者の身元を発表したとき、ぴんときたという。男は名前は名乗らなかったが、ヤマトからの観光客だと言っていた。しばらく、沖縄に滞在すると。傍には若い男もついていて二人連れだった……。

間違いではないか。他人の空似ということもあるはずだと、美由紀は何度も尋ねたが、よし子は何度も間違いないと言う。男とよし子は、飲むごとに意気投合し、酔いが回ってきたこともあって、ヌチガフウホテルを利用したというのだ。

ヌチガフウホテルに誘ったのはだれからだったか、よく覚えてないが、ヌチガフウホテルを選んだのは、よし子だという。泥酔していて、きっと行為がエスカレートしたのだろう。男は、

よし子を乱暴に扱い、嫌がるよし子の口をこじ開け、泡盛を注ぎ込みながら、いたぶったというのだ。よし子は、恐怖を感じたが、恐怖を感じながらも絶頂に達し、いつの間にか寝入ってしまっていたというのだ。泡盛の性だと思うが、気がついたら、あの男の姿が消えていたというのである。もちろん、傍らにいた若い男も一緒にだ。

それでは、殺したことにはならないよと美由紀は言ったのだが、ヌチガフウホテルに入ってからのことは、よく覚えていない。覚えていないだけに、自分が殺したに違いないと言うのだ。そんな話は、だれも信用しないよ、警察だって信じるはずがないよと、美由紀は語気を強めて言ったのだが、よし子は、後は涙を堪(こら)えるだけだった。

よし子が自殺を図ったのは、このためだと言った。夫のことなんかが原因じゃない。また、このことが美由紀を呼んだ一番の理由でもあると。この事実を、一人で抱えることができなくなったのだと……。

どのように返事をすればいいのか。美由紀は、咄嗟には思い浮かばなかった。よし子は美由紀に相談してくれたが、美由紀はだれに相談すればいいのか。美由紀も一人では抱えきれそうになかった。美由紀の脳裏に、すぐに高志が思い浮かんだ。しかし、高志は、先日、殺人犯人は千絵子ではないかと、美由紀に話しかけたばかりだった。このことを話すと、高志はどう思うだろうか。

だれかが嘘をついている。高志か、よし子か、それとも千絵子か。だれかが、だれかを庇っている。だれが、だれを庇っているのだろうか。何のために……。

美由紀は、首を振った。自分のために、だれかが犠牲になることはない。真実は、はっきりしているのだ。よし子も千絵子も犯人ではない。珠代でもないし高志でもない。もちろん、君枝さんも関係ない。男を殺したのは、紛れもなくこの自分なのだから。身元不明とされている死体の男は、美由紀がかつて同棲していたあの男、加藤武男なのだから……。

美由紀は、そろそろ自首すべきときが来たと思った。甘い幻想は捨て去るべきなのだ。捨て去ることができなかったばかりに美由紀の今があるのだ。他人にだけでなく自分にもまだまだ甘いのかと思うと苦笑が出る。

加藤武男が死んだ日から数えて一週間前のことだった。美由紀は、ヌチガフウホテルでの仕事を終え、食事の材料を買い揃えてアパートに戻ると驚いた。階段に立ちふさがっている男は、数年ぶりに会う加藤武男だったのだ。

「随分、探したぜ、美由紀……」

男は、サングラスをして、白いズボンに派手なデザインの白地の上着を着ていたが、武男に間違いなかった。美由紀は、思わず後ずさった。

「……警察を、呼びますよ」

「何を言ってるんだ。それが久しぶりに会う亭主に言う言葉かよ」

「亭主なんかじゃ、ありません」

「そうかい、そうかい。それじゃ、呼びたければ呼べばいいさ。俺は構わないよ。どうぞ、どうぞ。なんなら俺の方から警察に電話してもいいよ。お前のお袋さんや、可愛い娘さんにも、父親が帰ってきましたよって、挨拶してもいいんだぜ。それとも、高志さんとやらに助けを求めてもらうか。あんたとの横浜での甘い生活を、たっぷり聞かせてやるからさ」

武男は、相変わらず狡猾な笑みを浮かべていた。こんな男に騙された自分が情けなかった。警察にすぐに通報できなかったあの時の若い自分を、何度恨んだことか。

「なあ、美由紀……」

肩に置く武男の手を強引に振り払った。しかし、美由紀の足は動かない。武男を、娘と母親には会わせたくない。久しぶりに武男に会っても、もちろん懐かしさの感慨は沸いてこなかった。悔しさだけが込み上げてきた。怒りだけが込み上げてきた。

一瞬、足は硬直したものの、やがて美由紀は、アパートの玄関とは逆の方向へ向かって歩き出していた。獣のような男を、母親や朱里に会わせるわけにはいかない。

武男へ殺意を抱いたのは、この時ではなかったかもしれない。しかし、悔しさや憎しみが殺意へ変わるのには、さほど時間はかからなかった。美由紀に冷静な判断が宿っていたかと言えば、そうとは思われない。殺害した後のことは、あまり考えなかった。気になることはたくさんあった。特に朱里の将来が心配だった。殺人犯の母親を背負って朱里は生きていけるだろうか。いくつ、不幸を背負わせるのだろうかと……。

しかし、美由紀の決意は揺るがなかった。武男を殺すシナリオが徐々に正確な輪郭を持ち始めてきた。朱里のことは、母親や妹弟たちが面倒を見てくれるだろうという気がした。そのほうが、むしろいいのだ。いや、殺しても捕まらない方法があるかも知れない。迷宮入りの殺人事件だってあるのだから。自ら名乗り出て自首することはないのだ。そう思った。朱里と一緒に生き続けるためにこそ武男を殺すのだ。そんな利己的な動機だとは思いながらも美由紀は決心した。

殺人場所をヌチガフウホテルに選んだのは熟慮の末だ。続いて裏手の畑地に遺体を埋葬することも思いついた。人の出入りも少なく、発見される確率も少ないはずだ。亀甲墓の墓庭でもいい。そこまで誘い出すことができたら、センゾも味方をしてくれるだろう。武男への憎しみは消えていなかった。当時の悔しさを晴らすチャンスが巡ってきたのだ。そう思って計画を練った。鍬やスコップを買い、畑地に隠したのだ。

遺体を埋葬する場面をだれかに見られたとしたら、それは想定外のことだった。慎重に、事を運んだつもりだが、よし子や、千絵子は、あるいは高志や珠代は、美由紀のこの行為を覗き見て、身代わりになろうとしているのだろうか。

ひょっとして、千絵子に見られたのだろうか。千絵子は、このことを高志に知らせたのか。高志は、それを千絵子のせいにして美由紀の反応を探っているのか。実際、高志は私の姿を千絵子と見間違えたのか。いや、私と知っていながら、あえて千絵子の名前を挙げたのか。何のために……。ひょっとして私を自首させるためにか……。

美由紀は慌てて、膨らんでくる様々な妄想を振り払った。あの日、アパート近くの喫茶店で、武男は猫撫で声で美由紀を褒めちぎった。武男の魂胆は分かっている。もう二度と騙されない。歳月は経過しても、過去は消えないのだ。

武男は、やがて理由をはぐらかしながら、お金を無心してきた。予想どおりだった。それが自分に会いに来た目的なんだ。美由紀はどんな理由があるにせよ、お金を用意する気はなかった。

「なあ、美由紀……、三百万で俺の命がつながるんだ」

四十歳を過ぎた武男の額は、少し禿げていた。娘のことを一度も尋ねない武男に、やはり失望した。

「あんたは、そのために、ここまで来たのね」

「いや、可愛いお前に会いに来たんだ」

「嘘ばっかり」

「嘘なことはないさ」

「私は、若かった。あなたの嘘が見抜けなかった……」

「嘘ではないさ。俺はお前に惚れたんだ。今でもその思いは変わらないよ。南の女の愛情は本当だったと気づいたんだ。それで、いろいろ苦労して……、随分探したんだぜ。こいつにも調べてもらってよ。やっとお前を探しだすことができたんだ」

武男が名指した若い男が、美由紀に会釈をする。吉田勇人（よしだはやと）と名乗った。武男は、吉田勇人の丁寧な挨拶を遮って言い続けた。

「なあ美由紀、俺にとっては、あんただけが特別な女だということが分かったんだ」

「そうなの、気がつくのが遅すぎたわね」

「またやり直せるさ」

「もうやり直せないわ」

「黙れ！　もういい！　ごちゃごちゃ言うな！　三百万、用意しろ！　三百万、俺に渡せばいいんだ！」

　武男は、いきなり癇癪を起こした。あのころと何も変わっていない。サングラスを外した目は、異様な興奮で濁っていた。

「俺との手切れ金だと思えば安いもんだよ。お前は、俺に何も言わずに姿を消したんだからな。オトシマエをつけろ！　と言っているんだ！」

「そんなお金、どこにもないわ」

「そうかい、そうかい。お前には優しいお袋さんも、二人の弟も、そして妹さんもいたな。妹さんは結婚したばかりだったかな。お姉ちゃんが困っているんだって、俺からお前の可愛い妹に、お願いしてもいいんだよ。それとも、可愛がってもらっている高志さんにお願いしたほうが手っ取り早いかな」

「……」

「いろいろ、調べはついているんだ。俺には、この優秀な部下がいるからな」

武男は、吉田を顎で示す。

「妹さんは新婚さんだったな、住所も分かっているんだ。妹さんを可愛がってやってもいいんだぜ」

「やめてください！」

「それは、あんた次第さ」

「……」

美由紀の心に確実な殺意が芽生えたのは、たぶんこの時だろう。

「それでは、やっぱり高志さんにお願いしようか。藤田高志。R銀行勤務。優秀なエリート社員だ。うん、こっちが手っ取り早いかな。銀行には現金もあるしな。妹を取るか。恋人を取るか。決めきれないなら、俺が決めてもいいんだぜ」

「お願い、やめてください」

「なあ、美由紀、俺の最初で最後のお願いだ。お前の前には、二度と現れないよ。これで、おしまいにするからよ。約束するよ」

約束なんか守られたことは一度もない。今回も嘘に違いない。今、金を渡したら、事あるごとに付きまとわれる。お金をせびられ続けられるだろう。

「なんなら、娘は俺が引き取って育ててもいいんだよ。えーっと、名前は、なんていったかな。なあ、吉田」

「朱里ちゃん」

「そう、朱里だ。お前に似て、可愛いんだろうなあ」

武男はにっと笑って、横を向き唾を吐いた。

「朱里は、本当に俺の子どもか？　南の女は、あっちも上手だからなあ。別な男がいたりして……。なあ、吉田」

吉田は遠くを見つめているだけで、今度は返事をしない。

「最高だっただろう」

「……」

「返事をしろ！」

武男の足蹴りが吉田のすねに当たる。吉田がよろめき、下を向いて唇を噛む。

「乱暴にしないでよ」

美由紀が、慌てて吉田を庇う。美由紀の言葉に一瞬吉田が顔を上げる。武男がにやりとほくそ笑む。

美由紀は吉田を庇いながら、お金の準備をするという口実で、いったん武男と別れた。十日間の猶予をもらい、ヌチガフウホテル近くの喫茶店を次の待合い場所に選んだ。武男を殺害するシナリオが、美由紀の頭の中で、くるくると回転し始めていた。

武男は、にやにやと下卑た笑いを浮かべ、美由紀の身体を舐め回すように、もう一度肩に手を置いた。その手を、美由紀は力いっぱい振り払った。

あの日、よし子と武男が連れだってヌチガフウホテルに現れたときは正直驚いた。よし子は、無断欠勤をしていたから、風邪でも引いて家で寝込んでいると思っていたのだ。よし子は足をもつれさせ、肩を抱き合うようにして、武男と一緒にやって来た。吉田勇人も一緒だった。

三人が部屋に入ったのを確認すると、美由紀の頭に描いていた殺害シナリオが動き出した。

チャンスが向こうからやって来たのだ。よし子の登場は想定外だったが、いくつかの修正を加えれば計画どおり実行できる。実行できるシナリオが美由紀の脳裏で熱く燃えながら描かれた。

武男の遺体を、吉田と一緒に穴に埋めるまでは完璧だった。完璧だと思っていた。野犬が遺体をほじくり出すまでは、すべてが順調だったのだ……。

11

美由紀は、やはり高志に事の顛末を説明し、助言を求めるべきだと思った。意を決して電話をした。受話器の向こうで高志の声がする。美由紀は一瞬、名乗りそびれた。武男のことを話すことは、自分の過去を話すことになる。

高志が少し苛立つように尋ねてきた。

「もしもし、どなた様ですか？」

「もしもし、もしもし……」

「……」

美由紀は、やはり、手にした受話器を置いた。馴染んでいたはずの高志の声が、なんだか、よそよそしく、遠い他人のように思われた。思わずためらって受話器を置いていた。

受話器を置いた後で、このヌチガフウホテルの電話番号が高志の会社に登録されているのではないかと、うろたえた。しかし、それ以上に考えを巡らすことはできなかった。そのときは、そのときだ。会いたかったとか、なんとか口実を作ってごまかせると思った。高志に会いたい気持ちに偽りはない。涙を堪え、歯を食いしばって、挫けそうになる心に耐えた。

相棒のよし子は、四、五日もすれば、このヌチガフウホテルに復帰する。返事を言い渋り、嫌がるよし子に、美由紀は、復帰することを強引に約束させた。リンゴを持って再び見舞いに行ったのは昨日のことだ。

美由紀が病室を出る際、よし子は何だか、まだ相談事があるような素振りを見せていたが、気にしながらも別れてきた。もう一度、よし子の話を聞いてみたい。そんな気もした。完璧だと思っていた殺人シナリオだが、予測外の進展に、微妙に計画に狂いが生じたのは確かだ。あるいはよし子に気づかれたのかもしれない。

そうだとして、よし子は、なぜ美由紀の身代わりになろうとしているのだろうか。単なる誤解だと説得したが、よし子は、うなずかなかった。なにもかもよし子に話して確かめてみたかった。このことも、高志への電話を置かせた遠因になっているかもしれない。

今日は朝番の出勤なので、その前に病院へ寄ることは憚られた。帰りに寄って、よし子の話を聞き、自分の思いを伝えればいい。そう自分に言い聞かせて、真っすぐにヌチガフウホテルにやって来たのだ。

君枝さんと光ちゃんのペアと交代し、気遣う二人を送り出し、一人で新聞を広げながらも、美由紀の目は新聞の文字を虚ろに読んでいた。あのことがあってから、なんだか自分が自分でないような気分に陥っている。判断力も行動力も曖昧で、なんだか心許ない。

しばらくして、美由紀は新聞の紙面から目を逸らした。顔を上げて苦笑した。このことで自分の人生が閉じられるとすれば、それも致し方ないと思った。短い人生だったか、長い人生だったか。人生の長短は何を規準にして測るのだろうか。

美由紀は、目前の新聞のスポーツ記事の内容とは、全く違うことを考えている自分に気がついて、また苦笑した。ため息をついて立ち上がり、テレビのスイッチを入れた。窓の外には、明るい光りが満ちあふれている。ここからはホウオウボクの大木がよく見える。このホテルの創業者である高志さんの祖父藤田俊夫さんが植えたものだと聞いている。

突然、美由紀の脳裏に死んだ父親との思い出があふれてきた。懐かしい父の姿、父の声……。父は、美由紀がソフトボールを始めた小学校の五年生の時に亡くなった。血液の癌だと言われる白血病だった。

美由紀たち家族は、父が入院してから父の病気に気づいたようなものだった。それほどに父は健康であったが病魔には勝てなかった。死は、あっというまに父を奪っていった。

父は、大学を卒業してすぐに小さな土建会社の測量士として就職した。そこで事務員として働いていた母と知り合い、結婚した。そして、四人の子どもに命を継いで人生を終えた。

野球好きの父は、一番上の娘の美由紀を、女子プロ野球選手第一号にするのだと言って、よくキャッチボールの相手をしてくれた。美由紀がソフトボールをやりたいと言った時も、父は、はしゃぐようにして喜んだ。しかし、美由紀の活躍するユニフォーム姿を一度も見ずに死んだのだ……。

父は、美由紀ら子どもたちを、野外へ連れ出すのが大好きだった。海や、山や、川や、公園や……、そして島々を巡る小さな旅をも何度もした。

父と一緒にヤンバルの川で蟹を捕まえた光景が甦ってくる。弟妹たちの水着姿も甦ってくる。足をバタつかせて水しぶきを上げていた弟妹たち。病気が発覚してからは、父はいつも涙目で美由紀たちを見つめていた。頬の削げ落ちた顔を天井に向け、歯を食いしばって病に耐えていた……。

母の思い出も、どっとあふれてきた。父の死のベッドに座り、肩を抱き合って父を励まし、二人して病と闘っていた姿が甦ってきた……。

なぜ、こんなときに家族の思い出が甦ってくるのだろう。美由紀は小さく嗚咽して涙をこぼした。涙は、ぽたぽたと雨垂れのように手の甲に落ちた。そしてもう一つの家族、必死に作ろうとした自分の家族、自分の娘の朱里のことが不安になった。

美由紀が顔を上げ、涙をぬぐった時と、ほとんど同時だった。テレビのニュース番組が、加藤武男を殺した犯人が自首してきたと報道したのだ。

美由紀は目を疑った。耳を疑った。そして、必死に目を凝らし耳を澄ました。若いニュースキャスターが、こちらを向いて暗記したように原稿を読み上げる。


去る七月六日に、沖縄県宜野湾市の畑地で遺体で発見された加藤武男を殺したと、犯人が自首してきました。自首してきたのは、被害者と同じ東京都に住む吉田勇人、二十三歳の男性です。吉田は本籍地の山形県の警察本部に自首したようです。なお、警察は吉田の動機に不明な点があるとして、詳しい動機を尋ね慎重に被害者との関係を調べています……。


美由紀は驚いた。約束が違う。私が犯人なんだ。吉田勇人とは約束したのだ。私が殺したことにして欲しいと。美由紀は、もう涙を流さなかった。自分よりも強い人間がたくさんいる。

吉田勇人は、あの日、よし子と武男と吉田の三人が一緒にヌチガフウホテルに入った日だ。美由紀が、武男の殺人シナリオを検討し、実行に移そうとしている時だった。突然フロントの電話がなった。三人が入って行った部屋からだ。

美由紀が慌てて部屋に行くと、吉田は、すでに加藤武男の首を絞めて殺害していた。美由紀の姿を認めると肩を震わせて大粒の涙をこぼした。吉田は美由紀と既に面識があり、美由紀がヌチガフウホテルで働いていることも知っていた。

吉田は、やがて落ち着きを取り戻し、静かに笑った。徐々に冷静になっていった。警察に電話をして自首したいと述べ、それから涙を堪えて、武男のこれまでの冷酷な仕打ちを美由紀に詫びた。

これで三度目だと言った。沖縄に来て、一度目は那覇のホテルで若い女の子を強姦した。吉田も手伝わされた。二度目は、このヌチガフウホテルで、女に強引に酒を飲ませて犯し続けた。これが三度目で、吉田はもう耐えられなかったと言った。

美由紀は、吉田を慰めながら、自首することはない。加藤武男は自分が殺すべきだったと言った。吉田は驚いて美由紀を見上げた。自分が殺すと決めた男だ。自分が身代わりになると強く説得した。吉田は激しく拒んだが、それ以上に激しく美由紀は吉田を説得した。

美由紀の告白を聞き、やがて吉田は涙を流しながらうなずいた。美由紀のシナリオに、吉田が武男を殺すことはなかったが、その後の始末は予定どおりに運ぼうと思った。

美由紀のシナリオは単純だった。単純なだけに完璧だと思っていた。武男をヌチガフウホテルに誘い、睡眠薬の入ったビールを飲ませ、眠った隙に縄で絞め殺して裏の畑地に埋める。それだけだ。そのために裏の畑地の下見をし、縄を買い、鍬とスコップを買い、畑地に隠していた。睡眠薬も手に入れていた。準備は整えていた。しかし、美由紀が殺す前に、吉田が武男を殺してしまったのだ。

よし子は、美由紀を庇おうとしているに違いない。よし子は、美由紀と武男との関係を知っているかもしれない。武男はよし子へ、美由紀のことを話したかもしれない。

高志が千絵子を見たということと、この事件とどうつながるかは分からない。千絵子のことは不明だが、二度目に犯した女が千絵子のようにも思われる。それは後で分かることだろう。全く事件とは関係のないことかも知れない。千絵子はホタルを見ることが好きだと聞いたことがある。ただホタルを見に畑地に行った。それだけのことかもしれない。あるいは、美由紀の挙動を不審に思い、高志が真意を確かめようとして嘘をついたのかもしれない。でも、もういい。もういいのだ……。

美由紀は、たくさんのことに感謝したい思いだった。遺体の身元がはっきりしたら、美由紀のところまで捜査の手は確実に伸びてくる。そう予想した。

「もう、我慢ができなかったんです。これまでも、アニキの傍でたくさんのあくどいことを見てきました。沖縄に来て、美由紀さんへの仕打ちや、よし子さんへの暴行まがいの行為を見ていると、もう許せなかったのです」

吉田は、しゃくり上げるように、顔を伏せ声を詰まらせながら美由紀に謝った。

「いいのよ。有り難う。もういいのよ。武男は私が殺すつもりだったの。あなたを巻き込んでしまって本当に申し訳ない。私が殺したことにして。いいね、お願いだよ」

吉田も美由紀も膝を突き、肩を抱き合って涙をこぼしていた。

「美由紀さんに喫茶店で親切にされて、自分は何やっているんだろうと思ったんです。俺の数年後がアニキの姿に重なった。だれかのために何かをしてあげて、アニキと別れたかった」

吉田が、絞り出すように声をあげる。

「大丈夫よ。まだまだ人生は、これからよ。あなたと一緒に人生を歩いてくれる人が、きっと現れるよ。いいね、幸せになってよ。私のためにもね」

吉田がやっとうなずくと、美由紀は涙をぬぐい、てきぱきと指示をした。

「死体を片付けて、逃げるのよ」

武男の死体が見つからなければ、必ずしも逮捕されるとは限らないのだ。そんなふうに吉田にも言い聞かせた。美由紀は逃げることのできなかった過去の自分の姿を浮かび上がらせ、強く決意していた。

まず武男の死体をこの部屋から運び出し、裏の畑地に埋める。このことは当初の計画にあったことだ。鍬もスコップも畑地に隠している。手伝って欲しいと告げた。吉田はすぐにうなずいた。

よし子は、ベッドの上で深い眠りに陥ったままだった。よし子に気づかれないように、そっと事を進めた。

「私も首を絞める！」

美由紀は、吉田に告げると、ベッドに上がり、死んだ武男の首を、身体を預けて力一杯締めた。涙がこぼれた。吉田は美由紀の行為に驚いていたが、黙って見守っていた。

武男の遺体を吉田が背負って部屋を出た。

武男を穴に埋めた後、美由紀はすぐに吉田の両肩を掴み、強く目を見て言い放った。

「逃げて！」

美由紀の言葉に、吉田は首を横に振りながら言った。

「やはり、俺が殺したことにして欲しい。アニキを殺したのは俺の意志です。アニキの破廉恥な行為は何度も見てきたのです。また、俺に見ていろと強要しました」

「お願い、私が殺したのよ」

吉田は、今度も頑なに拒んだ。美由紀は諦めなかった。

「遺体が見つからなければ、だれが殺したことにもならないわ。お願い。今は逃げて！」

美由紀は必死に吉田を説き伏せた。

吉田の胸にホタルが一匹飛んで来て、とまった。吉田は、そのホタルをじっと眺めていた。やがて美由紀の願いを聞き入れた。

「朱里ちゃんを、幸せにしてあげてください」

吉田はそう言って美由紀に頭を下げた。それから、意を決したように走り去った。美由紀は涙を堪えて後姿を見送ったのだ……。

美由紀の脳裏に、吉田の嗚咽する姿が甦ってくる。加藤武男の下でアニキと呼んで従った三年間、見るべきではないものを見てきたと肩を震わせて美由紀に謝った。若い吉田を、美由紀は両腕で抱き締めた。人間は素晴らしいと思った。だれかを助ける優しさを持っているのだ。美由紀は吉田の瞼に溜まった涙を指先でふいて、強く肩を押して送りだしたのだ……。

突然、ドアをノックする音が聞こえた。窓から、数人の警察官の姿が見える。上原刑事も大田刑事もいる。

美由紀は、この勤務の時間を終えたら、家へ戻り、事の顛末を母に話してから警察へ自首するつもりだった。警察が来るのは少し早いかなと思ったが、もう冷静になっていた。マウンドで、ボールを握り、ケッチャーミットを覗き込んでいる気分だ。逃げてはいけない。ボールを投げなければいけないのだ。

警察は、私の言葉を信じるか、吉田勇人の言葉を信じるか、どちらかは分からないが、精一杯、吉田勇人を守りたいと思った。両手で武男の首を絞めた感触、その感触が手に生々しく甦ってきた。

よし子のことが頭をよぎる。ヌチガフウホテルの女たち……、みんな、みんな、このヌチガフウホテルで精一杯、生きている。君枝さんも、千絵子さんも珠代も、そしてよし子もだ……。

ここは、決して日の当たる場所ではない。でも、みんなが闘っている。闘っている女たちのたくさんの思い出が詰まった場所なのだ。思い出を癒やす場所なのだ。そして、ヌチガフウホテルを利用する名もない女や男たちが、希望を見つけ、天国へ渡る悦びを少しだけ享受する場所なのだ。壊さないで欲しい。武男がもたらした不幸は、私一人だけでたくさんだ。私が、ここにある不幸を全部背負っていく。吉田勇人も、もう十分に苦しんだのだ。ヌチガフウホテルはスディル（孵化する）場所だ。精いっぱい生きよ、という場所でもあるのだ。君枝さんが語った先代の藤田さんの思いも今、分かったような気がした。

美由紀は、身勝手な思いだということに気づいていたが、祈るような気持ちだった。

フロントのドアが再びノックされた。美由紀は、意を決して立ち上がった。同時に部屋の電話が鳴り出した。二つ、三つと青いランプが一斉に点滅した。美由紀は、振り返って点滅するランプを見た。そして、受話器を取ろうとしている自分がおかしかった。なんだか、こんな行為の積み重ねが、自分の人生であったような気がして、自然に苦笑がこぼれていた。

〈了〉

ぶながや

注記　ぶながや：沖縄諸島に伝承される想像上の生きもの、または妖怪。セーマ、キジムナーなどの異名がある。姿は赤頭髪、小童、古い大樹の穴に住む。伊波晋猷は、「キジムナーは海からやって来るスピリット」だと述べている。キジムナーは、本土のカッパやザシキワラシなどと同一視されるが、それはキジムナーの性質の一部としか合致しない。

（参照――『沖縄大百科事典』一九八三年、沖縄タイムス社）

第一章

1　ぶながや門

「ぼくたちは、風なんだよ。聞こえるかい、あの音が……。ぼくたちは、スピリッツなんだ。ここには居ないんだ。もちろん、ここに居るということの意味は大きい。ここが、チェルノブイリであるか、東京であるか、沖縄であるかという意味は絶対的な価値を持つ」

「ぼくたちは、いつから、ぶながやなんだろう？」

「俺は、百年も前からぶながやだ。もっとも、ぶながやの生命は百年とは限らないけどね」

「私は、今朝、決意したばかりだわ。決意すれば、だれだって、ぶながやになれるって聞いたけれど」

「そのとおり、だれだって、ぶながやになれるんだ。少なくとも、ぶながやを見ることができる。ぶながやは、だれも拒まない。君はすでにぶながやを見ている。見ることができたら、ぶながやになれる」

「ぶながやになれたら、考えることができる。考えることができたら、知ることができる。知ることができたら、決意することができる」

「決意なしでも、生き続けることはできるわ」

「しかし、それは本当の意味での生ではない」

「本当の意味での生？」

「孤独を、癒すことだ」

「孤独は、癒せるの？」

「ぼくたちの時代には、ぼくたちの時代の孤独の型というものがある。だから、未来を悲観することはない。もちろん、未来を楽観することも得策ではない」

「アイエナー（あれ、まあ）、私たちの孤独は永遠なのね」

風が蝶のように舞っている。遠くの風が、ゆっくりと樹々を揺らす。庭の虫たちは草木と戯れている。白い小さな花を付けたアワユキセンダンソウが震えている。あちらこちらから、小さな爆発音。人間の喚（わめ）くような声。ツトムとレイコが、生と死の境で彷徨っている……。

「私は、だれかと心中したような気がするわ」

「ここはどこなんだろう。ぼくもだれかと、何かを語り合ったような気がするんだが……」

「ここは、ぶながや門。試される場所。試される時間。生と死の境。魂が肉体から遊離しようとしているんだよ」

「ぼくは、なぜここにいるのだろうか」

「生と死の、どちらかを選択するためだよ」

「なぜ、この門があるの？」

「完全に生きるためだよ。あるいは完全に死ぬためだ」

「私は、今、人間なの？　それとも、ぶながやなの？」

「それは、俺たちが決めることではない。生きるか死ぬかは神が決めることだ」

「私はひょっとして、自分の属している世界を見失ったのかしら？　それゆえに責め苦を負っているのかしら？」

「そんなことはないよ。俺たちには食欲もあれば夢見る欲望もある。だれでもが自ら望む者になることは難しいのだ。ぶながやは人間でもあり、また人間でもない。それゆえに微妙な存在だ。その微妙さが、あらゆる制約を乗り越えてきたのだ。しかし……」

「何なの？」

「苦悩を乗り越えることはできなかった」

「苦悩があればこそ生きるに値するのだわ。苦悩こそ人生よ。苦悩はあらゆる場所に、あらゆる時間に潜んでいるわ」

「それだから、ぶながやも、人間の住むあらゆる場所と時間に住むことができるのね」

「そうだ。ぶながやは共時的にだれの心にも存在する。永遠にだ。しかし、瞬時にして滅びることもある。人間との関係性の中でしか存在しないからだ。人間の多くは、ぶながやの存在を忘れている。悲しいかな、ぶながやは駆逐され始めている」

「えけ！　素晴らしい飛躍」

「ぼくは、ここにいるよ。ここにいる前は、どこかで、だれかであったような気もするのだが……。だれにも気づかれずに生きることは可能だろうか」

「境界は揺れるほうがいいのだ。俺たちだって、いまだ彷徨する魂に過ぎない。文明に疲れ、癒しを求めているスピリッツに過ぎないのだ。しかし、それはぶながやになる理由にはならない」

「人間とぶながやの決定的な違いは、何なの？」

「ぶながやには、人間が見えるが、人間には、ぶながやが見えない」

「ぼくたちは、えけ！　っていう言葉を持っているが、人間は既に忘れている。正確には、優れた感嘆詞を数多く持っているのが、ぶながやだと言える。アから数えると、アイエナー、アキサミヨー、アギジャベ、アリヒャ、アリアリ」

「アリアリ、もういいよ。つまり、ぶながやは感動することができるってことよね」

「ぼくたちは感動を有して人間の世界を語ることができるのに、人間は、ぼくたちぶながやの世界を語ることができない」

「もっと正確に言えば、一部の人間にとって、ぼくたちは確かな存在であり、ぼくたちの未来についても語ることができる。だが、多くの人間にとっては、ぼくたちは未知だ。ぼくたちは闇だ。ぼくたちは未確認物体だ。ぼくたちと人間の違いは、何よりも想像力の違いだ。人間の想像力は貧困で水平にも垂直にも飛翔しない。人間は、ぶながやの存在を認知すべきなのに……」

「人間は、傲慢すぎる」

「人間は、過去を学ばない」

「人間は、壊れている」

「世界が壊れる前に」

「日本も、壊れているということかしら」

「人間は、日々殺し合っているのよ」

「今こそ、ぶながやの復権を！　想像力の復権を！」

ぶながやの甲高い声。招くしぐさ。ツトムとレイコは、ゆっくりと意識を失っていく。救急車の音。続いて人間たちの泣き声。ドタバタと走り回る足音。慌ただしい息づかい。充満する医薬品の匂い。永い静寂。生と死の境に彷徨う死を望んだ二つの魂。ぶながやたちの舞台は、ここから始まる。あるいは、人間たちの一日もまた、語り合うことから始まるはずなのに……。

2　えけ！

「朝、目覚めると、私はまずキッチンに立つのよ」

「ぼくは、光に向かって立つ」

「俺は、自らの肉体を立てる」

「えけ！」

「茶化さないでよ」

「茶化してなんかいないさ。立つ意志からすべてが始まるんだよ。光を浴びるのは、その次だ。光は、朝を告げる決定的な要因ではない。意志こそが朝を告げるのだ」

「光ではなく、正確に太陽と言うべきだわ。私たちの闇は太陽によって払拭されるのに、私たちは太陽の有り難さを忘れている」

「私たちの周りには、まず太陽と闇があることを理解すべきだわ。それから……、自然ね。人間の存在は、少なくとも最前列ではないね」

「私は、朝に化粧をする」

「ぼくは、読書」

「ぼくは、時間を見ることから始めるよ」

「俺は、トイレへ行く」

「私は、樹々の頂上を見る」

「ぼくは、一日の終わりを朝に計算する。朝に、あらゆるものの目覚めがあるとは限らない。

朝は、時には死の始まりでもある。自然は、生と死、永遠と瞬間によって成立する。パンと味噌汁も、朝の絶対的な風景ではない」

「アリアリ、食卓は広いのだと言いたいのね。でも、食卓よりも世界は広いと考える人間は、どのくらい居るかしら？」

「ぼくらは飢えている人々の声を聞かねばならない。戦争で死んでいく世紀末の不幸を、どれほど自覚的に共有できるか。表現の契機も、ここに拠るべきだ。同時代の不幸を背負うことが、表現者の拠点だ」

「シタイヒャ！　でも、ぶながやに、それができるかしら？」

「ぶながやが、人間であればできるはずだ」

「楽観的ね」

「楽観的ではない。意志の問題だからだ」

「そうだ。ぶながやは困難を選択することができる。もう一度言おう。ぶながやは地上に吹く風だ。もしくは存在の気配と言い換えてもいい。風はすべてを見ることができる。すべてを感じることができる。すべてを運ぶことができる」

「ぶながやは、人間が創り出した架空の妖怪。樹の精。マジムン。気配。寝ている人間を金縛りにする闇の生霊。非在の存在」

「たとえて言えば、幻ね」

「たとえて言えば、魂だよ」

「たとえて言えば、人間の夢ね」

「ぼくは……、ぼくだよ」

「えけ！　自覚が、まだ足りないようだな。ぼくが、ぼくで在り得るのなら、君にこの場所は必要ない。この場所は、君がぶながやになることを知る空間なのだから……」

　ツトムとレイコはたぶん、試されている。闇の中で、「シンドラーのリスト」が流れている。舞台の音楽は、ホロコースト。悲しみのメロディー。生きることを拒絶することは罪なのだろうか……。

　二〇〇三年、一人の男が、音楽を聞き、じっと遠くを見つめている。ぶながやになるための試練。苦悩。誘惑。萎えていく意志。二十世紀の殺戮は、どこで行われたか。どこで繰り返されようとしているのか。横たわっている四角い空間。もがいている黒い澱(おり)のようなもの。ツトムとレイコは、人間の分身のようでもあるし、ぶながやの分身のようでもある。

「えけ！　朝の絶対的な景色など、この世にあるわけがない。あるいは、あの世にも……。湯気と、靄と、風と悲しみと。それらも皆、共通の風景ではない」

「だが、これらの存在を疑ってはならない。絶対的なものは必ずしも普遍的なものではないからだ。朝、目覚めても、やはり、ぼくらは変わらない。ぼくらは風なんだ」

「私たちは光よ」

「ぼくらは断崖の恐怖。失速するツバメ。ぼくらは、だれの心にも宿り、飛翔の形を有している幻影」

「諸君！　ぼくらが何者であるかと問い続けることは有意義なことではある。極限の中でこそ、真理は浮かび上がるからだ。だが、諸君！　断崖は飛翔する思考を要求するだろうか。それとも、堕ちることが最も有効な処世術だろうか。栄誉も成功も堕落も墜落も、人生の一形態には違いない。しかし、諸君！　悲しいかなぼくらは、ぶながやだ」

「アギジャベ、答えを求めてはいけないよ。ぼくらは問い続けることによってのみ存在し続ける存在なんだ。それが最も充実した処世の術。自明なことにせず常に問い続けるのだ。たとえば、人間は人間を問うことができるかい？」

「愚問だ。人間は人間を問わない。過ちを問わない。責任を問わない。もちろん、問い続ける者のみが、ぶながやを見る」

「ぼくは、問い続けたがゆえに、きっとここに来たんだね。ぶながやは、問い続けることで、ぶながやのままなんだね。でも、ぶながやは何を問い続けてきたの？」

「人間を問い続けてきたんだよ。それで充分さ。そして今もなお問い続けている。ぶながやは、また人間でもあるからだ。ただし、ぶながやの存在が無でないことを証明することを考えなければならない。ぼくらも変わらなけりゃ」

「それはナンセンスだ。ぼくらが変わったってどうしようもない。存在を証明することは関係性の中でしか果たされない。人間をこそ変えねばならないのだ」

「アイエナー、人間を変えることは困難だよ」

「困難な課題ほど、やりがいがあるというものだ。手段も方法も自由だ。あとは、アイデアだけだよ。人間は変われるか。これが今朝のテーマだ」

「問うことは、ぶながやの特権だ。だが、ぶながやは人間を哀れむゆえに、哀れな存在だ」

「卑怯な存在さ。限定し、断定している。それは権力を持つことの始まりだよ」

十一人のぶながやたちが、互いを見つめ合って自嘲する。突然、夏の風が声をあげる。やがて、風は陸上競技選手のような姿態を有して走り出す。動き、運び、消し去り、撫でる。クラクションの音が聞こえる。階段を降りる人間の足音が聞こえる。悲鳴。次々と、新しい泣き声が沸き起こる。

「ぼくたちは、やはり、何かを聞いている。何かが見えている。動かなければ……。動くことによって見えるものがある。動くことが価値を作るのだ。新しい人間を作るんだよ」

「動けば、ぶながやに成れるわけではないわ。飛べるわけでもないよ。それに、動いているから人間なんだという言い方は、間違っているわ。動かないことが思考の始まりよ。労働することは、思考の持続性を略奪することだわ」

「動くことは、必ずしも労働することとは限らないよ。それに、思考は動くことの契機ではないよ」

「ぼくらは目覚めているだろうか？　たとえば、労働することに……」

「答えのない問い、問いのない答え。ぼくたちは、長い歴史の時間のほんの瞬間を生きているに過ぎない。圧倒的に存在する多くの太陽系の、たった一つの惑星で生きているに過ぎない。この宇宙には、太陽も、地球も、きっと無数にあるはずだ」

「アイエナー、危険な思想だわ。絶対無二の条件でこそ問い続けるべきよ。思想を弛緩させてはいけないわ。思想は所詮遊戯よ。救世主にはなれないのだから」

「べきは、思考を硬直させるよ」

「諸君！　光を！　もっと光を！　そしてもっと深い闇を！」

「やはり、ぼくたちは、錯乱する光だ。訂正しよう。錯乱する光こそが、ぼくたちだ。繰り返される永遠の問い。風の音、光の闇。人間の声、人間の愉楽、人間の尊厳、人間の孤独……。魂よ、声をあげて、己のバイブルを歌え！」

4　樹の歌

「樹が、真っすぐに、天に向かって伸びていると考えるのは錯覚だよね。樹は土中に潜るために、もがいているのよね」

「それこそ錯覚ではないか。ぼくらは哲学者ではない。ましてや植物学者でもない」

「しかし、私たちは、いつでも生きることの意味を考えているわ。生きることの意味を考え続けることは哲学ではないかしら？」

「生きるってことを、どうして皆が考えなければいけないの？　考えたい人だけに考えさせるわけにはいかないの？　私は愛する喜びに出合えたら、それだけで幸せだわ」

「考えることが、ぶながやの特権だ。そして、考えることは愛することなんだよ。たとえば己の過去を振り返る。己の未来を想像する。己につながる人々のことを考える。すると、すべての人々を愛せずにはいられないはずだ」

「食べる行為を問うことも、生きることにつながるんだよね。腐ったキャベツは、十円払っても買い手がつかない。なぜだ？　考えない玉ネギは、玉ネギ以外のものになれない。なぜだ？　人間は、考え続けない。しかし、俺は腐ったキャベツに向かって考え続ける。行為を考えることは、存在を考えることなんだ」

「ぼくは、雨に向かって考え続ける」

「俺は、明日に向かって考え続ける」

「私は、あなたに向かって考え続けたい」

「私も、そんなふうに考えてみたいなあ。一度でいいから、結婚する勇気を手に入れたいとつぶやいていたレイコのように、微笑んでみたいなあ」

「アイエナー。結婚は勇気ではないよ。欲望だよ。愛する欲望。愛される欲望。考える欲望だ」

「私は、雨が降ったら晴れた日のことを考えたい。夕暮れになったら、朝の太陽のことを考えたい。人間のことは、考えたくないわ」

「アリアリ、造反だよ。ぼくだって雨が降ったら晴れた日のことを考えたいよ。人間のことを考えるのは退屈な時だけさ」

「人間は、なんのために働くんだろう？」

「幸福になるためさ」

「それなら、時間を取り違えているよ。幸福は、自由な時間の中にこそある。弛緩した時間の中にこそあるんだから。強制と義務による労働の中にはあり得ないよ」

一羽の鳥が、力のない蛾のように飛んで姿を消した。群れをなした鳥たちは、勇ましく鋭角に空を飛び、まるでビルディングの屋上から、自殺するように急降下する。他の群れをなした鳥たちが来て、さらに上空で旋回する。

しばらくすると、再び一羽の鳥が現われた。定められた秩序の空間を切り裂くように尾でリズムを取り、一足ごとに空中に斑点を打ち続けてて飛び去った。上空の群れの最後の鳥が、蛇のようにビルディングの角をなぞって落下した。

「俺は生きるぞ。俺は破壊する。俺は自明なものを問い続ける。この欲望は一種の存在証明だ」

「アイエナー。欲望は生きる意志とは関係ないよ。学習しないでも手に入れることができるのだから。欲望は、たんに生物学的な機能だ。あるいは想像力の問題に過ぎない」

「アゲ！　生きる意志は、想像力の衰退と大いに関係があるさ。人類の生存とも大いに関係があるよ」

「アリアリアリ、ぼくは、妻と生きることが一番楽しいね。最も想像力を喚起される友人こそ妻にすべきだよ。一つの行為によって複数の目標が達成される。幸せは妻と生きることにある。体験的、具体的、持続的実感だ」

「アイエナー、欺瞞ではないか。妻との日常的、具体的行為は、騙し続けることとの愉楽というべきだろう」

「騙すことこそ、哲学の神髄さ。騙すことは、いつの時代にも愉快なことだ。そして、いつの時代にもスリリングなことだよ。関係の構図では排斥できない普遍性を有している。国家の喧伝はフェイクニュースであふれている。人生は生きるに値するよ」

「だれを騙し続けるの？」

「もちろん、国民をさ。だが、自分自身を騙すことのできる人間が優れた政治家になる。国家的規模の矛盾だ」

「自分自身を騙すことのできない人は？」

「幸せな家族を持てる。妻を酔わせて、自分も酔う。結婚ゲームは酔いのプロセスだ。愛と憎しみは、少しの毒素に過ぎない。結婚の本質ではないよ」

「アイエナー、それこそ欺瞞だよ」

「えけ！　空が青い海になったよ」

「えけ！　あの空の青さこそが、永遠の生命を測る器なのだよ。空よ、永遠を隠蔽するな。空の深さこそが、ぼくらの魂が宿る深さなのだから」

「雲よ、空を隠すな。駆け登っていくぼくらの死を排斥するな。えけ、えけ、えけ！」

5　論理的ではない論理

「ぼくたちは、どこに向かっているのだろうか。ぼくたちは、歩いている。ぼくたちは、流れている。ぼくたちは、契約した。ぼくたちは、採用されている。ぼくたちは、人質になっている。ぼくたちは、時間に貼り付けられている。ぼくたちは、幽閉されている」

「ぼくが、今日食べたサラダは、昨日食べたサラダと同じではない。今日、食べたパンは、昨日食べたパンより、0、二センチ薄い。今日、飲んだコーヒーは昨日飲んだコーヒーより熱く、温度差は0、5度」

「今日のぼくの子どもは、昨日のぼくの子どもだが、今日のぼくの妻は、明日も、ぼくの妻であるとは限らない。目が、尺度が、価値が、肉体が、方法が、すべてが永遠であることは、まず有り得ない」

「第二幕は、どこに向かって上げられたの？」

「第一幕は、まだ降りていないよ」

「一度は、確かに上がったはずよ」

「当然だよ。幕が上がったからこそ、ぼくらは存在するのだ」

「幕はだれが上げるの？」

「アイエナー、俺たち自身が上げるんだよ」

「俺たちの仕事は、遊離した魂に決意を促すこと。あるいは永遠の問いを探すことだ。永遠の問いを探したら生と死が選べる」

「物騒なお仕事だこと」

「俺たちが生き残るためだ。お前が気に病むことはないさ。せいぜい、お前も殺されないようにすることだな」

　樹が、悲鳴をあげる。朝のネクタイを、ピストルのように握って、窓の外の無人の通りに手を振っている男がいる。電線にとまった鳩が笑う。影は、すべてのものにまとわりついて無言で横たわっている。人間を変えるには、まず影を変えねばならないのだろうか。夢の中にあるもの。夢の中で大きく揺れているもの……。

「ぼくらにも、自分たちの手で自分たちを演ずる日が来るのだろうか？」

「それは、人間次第だ」

「私たちは、いつでも幕を降ろすことができるのかしら？」

「それも人間次第だ。ぼくらは人間が作り上げた妄想に過ぎないのだから」

「幕を上げるって、生まれることなの？」

「人間が、ぼくたちのことを考え始めるということだよ」

「人間にとっては単純な行為だ。単に瞼を閉じるだけなのだから」

「でも、人間と違って、ぶながやは瞼を閉じることに慎重だよ。瞼を開くことにも慎重だ」

「卵を食べることにも、慎重だ。愛することにも慎重だ」

「人間は？」

「人間は、簡単に多くを愛し過ぎる。愛することが、最も尊い行為であることを、もっと自覚するべきだ。生きることは素晴らしいことだと発見する意志を持つべきだよ」

「人間は､寂し過ぎるのよ。多くの自然を破壊するのもその一つよ。自然から愛されたいのよ。きっと、きっと、悲しみのような飛行というものが、あるのよ」

「私は、もう二回も飛行しちゃったわ」

「どういうこと？」

「二回も結婚しちゃったということ」

「それで、男の違いが分かったのかい？」

「下品な質問だわ。それは人間になされるべき問いよ。人間たちは、そんな質問を泣いて喜ぶわ。その単純な行為の中にこそ本質がある、とかなんとか理屈を並べてね。あなたは、そんな人間以下で、もっとも下品だわ。悲しみが見えていないのよ」

「アゲアゲアゲ、ヒステリックになるなよ。俺だって、だれかを愛したいさ。言い換えよう。

悲しみに引きずられた行為を問うことは無意味だ。意味に押し出された行為こそ問うべきだ。そう言いたかっただけだよ」

「単純な行為なんてないわ。行為にはすべて二つ以上の理由が伴っているのよ。私の行為にも、ちゃーんと意味があるのよ。二人の男を愛したことには、意味があるのよ。聞いているの？私は、あなたの質問に答えているのよ」

「分かったよ。俺だって落ちぶれてもぶながやだ」

「人間は、私たちぶながやの存在を知っているのかしら？」

「人間は、人間にしか関心がない。たとえば、悲しみとか、怒りとか、孤独とか、家族とか、愛とか……、に関心を持つことこそが人間に関心を持つことなのに」

「愛することは、尊い行為だと、あなたは言っていたよね。愛することに飢えている人間も、やっぱり尊い存在なのよね」

「人間の愛は、閉じられている。愛は、すべてのものに開かれるべきなのに、その努力を怠っている。神が与えた人間の最高の至福なのに……」

「それでも愛なんでしょう？　私は人間を愛しているわ。救いはあるのよね。私たちが知っている人間の末路はあまりにも悲し過ぎる。悲劇からの脱出の方法は、すべて閉ざされているわけではないのよね？」

「人間は、既に地球を食べ始めているよ」

「違うわ。私の知っている人間は、地球を食べないわ」

「でも、サラダは好物だよ。サラダは地球じゃないの？」

「青虫やてんとう虫だって、サラダを食べるわ」

「それでは、人間は虫と同じだ。しかも、生きた人間をよく食べる。共食いする極めて稀な生き物だ」

「論理が、めちゃくちゃだわ」

「アリアリ、ぶながやは、論理的でないことを鉄則にしてきたのではなかったかい」

「そのとおり。論理的ではない論理を発見することが、第一幕のテーマだよ。しかし、感情的になると結論を論理に委ねてしまうぞ。やがては理性にまですがる。海の見える食卓は最高だ。波の音の聞こえる食卓は最高だ。海の香りが届く食卓は最高だ。最高は、いくつあってもいい。それが論理的でない、ぶながやの生き方だ」

「自明なものを破壊すること。感動する心も、人間も、夢も、愛も……。人間が作り出した不可解なトルソ。それが、ぶながやなのよね」

「そのとおり。ぶながやの性別は不祥。年齢も不祥。国家も住居も不祥。法律も不祥。乗り物も、あるのかないのか不祥。冷蔵庫も、あるのかないのか不祥。ツトム君とレイコさんの境涯も、あの男の境涯も不祥。ぶながやは、無益なことから語り始める。人間を愛しているからだ」

「そろそろ、パンプキンスープが冷めるわよ」

「人間は、フカヒレスープが好物だよ」

「緩やかな堕落ね」

「世紀末の風景だよ」

「人間は、人間を殺す」

「同類を殺す極めて稀な動物だ。そして自覚がない……」

戦争は今なお世界の至る所で起こっているのに、人間は眺めることが大好きだ……。

6　ぶながやを見た

「私たちは、今、人間のことを語っているが、人間は私たちのことを語ることはあるのかしら?」

「あの男は、自分のことを語ったよ」

「自分を語っても、ぶながやのことを語ることはないさ。ただ……」

「ただ、なんなの?」

「沖縄本島北部の、O(オー)村では、我々を見たという証言集まで編集されているよ。それが、この本だ」

「えけ！　えけ、えけ、えけ！」

「わおーっ。面白そう」

「我々に関する唯一の証言集だ。それゆえに貴重でもある。貴重の基準は、希少さにあるからな」

「アイエナー、ＮＨＫの取材班のカメラも入ったんだね。貧しい過疎の村の、村起こしの知恵ではないのかしら？」

「そうではないよ。村人は単純で素朴なだけだ」

「俺たちが求めているのは、その単純で素朴な人間たちだよ。だから、村人の前では無防備になる仲間たちがいるんだ。この世紀末に、ぼくらの仲間が生きていける場所は数少ない。そのうちの一つがこのO村だ。ここでは、ぼくらの仲間たちは人間と共に生きている。この村が消えたら、ぼくらも消える」

「私は、その取材を見に行ったわ。だって私たちにとって歴史的な事件じゃないの」

「アイエナー、たんなる野次馬根性ではないのか」

「ララ、ララ、ラン。たんなる野次馬は、百人を越えたわ」

「それで？」

「それでって、なんなの？」

「それで、主人公でもあり野次馬であるぶながやたちは、どうしていたの？」

「ララ、ララ、ラン。集まったぶながやたちの笑い声が山々に木霊して、樹々が揺れたわ」

「アイエナー、哀れなぶながやたちよ……」

「でも私たちは、今では彼らの中でしか、生きることができないのよ。彼らに語られることによってしか生き続けることができないのよ。私たちは、もっと人間に対して謙虚になるべきだわ」

「ぼくたちは、謙虚過ぎるほど謙虚だよ。だって、ぼくたちは、自らの存在を主張することはないのだから。ぼくたちの謙虚さがぼくたちを消滅させるか、あるいは、永遠に存在させ続けるか。興味のあるところだね」

「私たちは、人間に弄ばれる運命なんだね」

「人間と共に生きているということは確かだね。でも、証言集は笑えるよ。樹々の笑いだけでなく、岩をも笑わせるね。神は、かつて、のたもうた。人間は、ぶながやに似せて造られたのだと……」


〈証言1〉金城牛助さん（八十三歳）の話。

あのな、ぶながやはな、八月の八日、九日によく人の目につくんだよ。その日にはな、森に登ってぶながやを見るんだよ。わしらが小さいころにはな、ここらへんの山に登って、よくぶながやを見たよ。ぶながやび（火）が、こうチョンチョンと飛び歩くんだ。コーマタ、ウンムフ、テンナスの山からは、よく見えたよ。この時期になるとな、ぶながやが移動するんだよ。でも、ぶながやは火を持っているからな。危ないんだ。ぶながやが家にやって来て、家が火事にならないように、「ぶながやホイホイ、ぶながやホイホイ」と何度も言いながら、すすきで、門を三回叩いてから家の門をくぐったんだ。ぶながやのことをな、きじむなーとも言うんだよ。

〈証言2〉　上原カメさん（七十九歳）の話

前田トシさんといって、私と同年代の人がグスクに住んでいるんですがね、この人が六歳ごろの話だそうです。クラニングァーのおばあがトーカチ（米寿）をするというんで、トシさんのお母も、ご馳走を作るというんで、手伝いに行くことになって、トシさんもついて行ったそうです。ご馳走を作って一番座に置いて蚊帳を吊ってその中に並べていたんだそうですが、夜になって、トシさんは、おしっこがしたくなって、外に出て蜜柑の樹の下に行ったそうです。おしっこをしながら、思わず、こう、上を見たら、何かが樹にぶら下がっていたって言うんですよ。よく見たら、この辺まで口が裂けていて、歯が真っ白で、顔全体も赤いんだって。髪も真っ赤、身体も赤くしてね。もうトシさんはびっくりしてね。ここに人がいるよって、人呼びにいって帰ってきたら、人はもういなくなっていたって。あれが、ぶながやだったんだろうねって。今から考えたら、そう思うっていうわけよ。ご馳走を羨ましそうに見ていたってよ。食べたかったのかね。

〈証言3〉 与那嶺ナベさん（七十七歳）の話

うちのおばあの話ではね。アガリガーのシズーっていたでしょう。亡くなった子。アガリガーの長女、静子。ぶながやはあれに似ていたってよ。ちょうどあの子ぐらい。あの子は、アカプサー（赤毛）だったからね。いつごろと言っていたかね、山の中に入って薪を取りに行ったらね。ちょうどあれぐらいの子どもが、一人で岩の上に座っていたって。こんな小さい子どもが、こんな山の中にいるはずはない、不思議だと思ってね。その時、うちのおばあは、その子は山の神様だと思ったって。おばあは、村の根神だったから落ち着いていたんだろうね。私だったら、もう大騒ぎして、マブイ（魂）落としていただろうね。おばあは、自分の背負っているものを全部おろしてから、お祈りをしたんだって。どうか、私に、何も悪さをしないで下さいって。お祈りを終わってから顔を上げると、もういないわけよ。それで、その子が座っていた岩の所まで行くとね。蟹がよ、大きな蟹がひっくり返されて、フトゥフトゥしていたってよ。それでうちのおばあは、感づいたわけ。ああ、山の神と思っていたが、ぶながやだったんだねって。ぶながやは、蟹とか魚を取るのが上手だっていうからね。おばあは、嘘つく人でないから、私は、もうこの話は、真実だと信じています。

7　刺激的な提言

「仲間たちよ。俺たちのことを話題にし過ぎてはいないか。もっと人間のことを語らねば……、あの男のためにも。あの男は、思考を開始しているよ」

「創造的な思考であるかどうかが、問題ね」

「まず、己を語ることだ。それがすべてだ。悩みが人間のものであるか、ぶながやのものであるかは、たいして重要なことではない」

「たいして重要なことではないの?」

「俺たちが判断することではないってことだよ。判断は、あの男に任せればよい。判断を回避することほど単純な選択はない」

「単純な選択は、創造力にはならないからね。創造力こそ進歩の源泉、文化のエネルギーだわ」

「進歩？　もう一度目を閉じて考えるとよい。進歩は退歩だよ。このキーワードは、既に消滅したはずだ。真実は一つしかない。一つの真実のために、人間はどれほど多くの血を流してきたか」

「一つの真実を捏造するために多くの正義を作ってきた、と言い換えるべきではないか。真実は権力と同義語だと、ぼくは思うよ」

「真実が正義になるときが、最も危険なのね」

「二十世紀で対立が際立ったのは、一九一〇年代、一九四〇年代、一九七〇年代だ。奇しくも三〇年ごとに対立はピークを迎える。そうすると、今世紀は、二〇〇〇年、二〇三〇年、二〇六〇年……。たぶん、二〇三〇年には、ニューヨークの惨事を越える出来事が、世界のどこかで起こっているかもしれない……」

「それが、ＴＯＫＹＯだったりして……」

「ひょっとして、予想が的中しないとも限らない。でも、できれば惨禍ではなく賛歌に見舞われたいね」

「ところで、諸君！　この世紀に、諸君はどこを旅したいかい？」

「ぼくは、ベトナム」

「私は、ニューヨーク」

「ぼくはウクライナ」

「俺は、インド」

「ぼくは、ベルリン」

「ぼくは、ここで、ずーっと考えていたい」

「ここで考えることは、ここしか考えられないということにはならないかい？」

「アイエナー、古いお方の考えるお型。レッドカードだよ。ぼくらには、想像力がある。現場の取材はマスコミに任せておけばいい」

「アイエナー、国を滅ぼす危険な思想だな。それこそレッドカードだよ。現場性というものを軽く見過ぎるよ。言葉にならない言葉こそ、力があるのだ。それに、マスコミは、操作した言葉しか報道しないよ。もっと自分で現場を見なけりゃ」

「そんなことは百も承知さ。だからこそ、言葉で隠蔽された闇を想像力で浮かび上がらせるのだよ。あるいは、隠蔽された言葉を探す旅と言い換えてもよい。隠蔽された言葉にこそ新しい世界を生み出す力がある」

「それは死者たちの言葉を意味するの？」

「それも一つの答えだ。政治や文学の言葉ではない。振幅の広い生活の言葉だ」

「人間は弱いからね。存在するものには、いくらでも未練を持つのよ」

「ぶながやだって同じだわ」

「当たり前だよ。ぶながやは、また人間でもあるのだからな」

「錯綜したオツム……。ツトムが混乱しているよ」

「混乱してもいい。混乱した舞台こそが、エネルギーを生み出すのだ。整序することは必ずしも正しくはないさ。整序できない言葉を探すことが、ぼくらのテーマだよ。簡単にまとめてはいけない。急いで答えを出してはいけないよ」

「混沌と単純。それが、ギャング・エイジの特権だ。その特権は、時間に拘束されないのに、いつの間にか自らの特権を放棄している」

「ぶながやまで、特権を放棄することはないさ。ぶながやには、時間は関係ない。あるのは永遠だけだ。永遠の瞬間、永遠の勇気、あるいは永遠の愛……」

「愛は言い過ぎだよ。ぶながやの世界も、いまでは愛に飢えているわ」

「それは危ない兆候だね。愛こそ、すべての秩序の始まり。そして、愛こそ、すべての権力の始まりだわ」

「刺激的な提言。ぞくぞくする。脱ぎたくなる。エッチしたくなる」

「えけ！」

8　朝に耐える

「裸を見過ぎた二〇歳の若者たちも多いけれど、トンボを見たことのない十三歳の子どもたちだって、けっこう多いんだよね。蝉なんて、食べられることさえ知らないのよね」

「十歳の子どもたちは、鳥が鳴くことは知っているのかしら」

「やがて鳴き声を聞いても、鳥だと思わないかもね。夜、庭で鳴くのは、蝉だか、コオロギだか、トンボだか、なんだか知らない。人間の泣き声も、やがて忘れ去られるのかな?」

「そんなことはないさ。俺たちの予測データからは、二十一世紀の半ばには、たくさんの人間たちの泣き声が巷にあふれている」

「不幸を友達にしているのが人間だからね。案外とこの世に最後まで残るのは、不幸を背負った人間だったりして」

「ぼくは、不幸面をした人間には、もうついていけないよ。ぼくは、すべてを難しく考えることは嫌だね。特に人間関係を善意に解釈しないあの人たちの性癖には、うんざりだよ」

「それは、あなたの不幸です。誤解で成り立つ人間関係の方が、どんなに住みやすいことか。正しくあろうとすることは、あなたの不幸ですよ」

　きりきりと、何かが叫び声をあげている。人間の死かもしれない。戦争を開始する音なのだろうか。きっと原因は単純なことに違いないのに……。

「ぼくのギャング・エイジは、浜辺にあったよ」

「ぼくのギャング・エイジは、基地の中の子どもたちとの戦い」

「ぼくは、テレビの前」

「ぼくは、舞台。自らが作り上げた記憶増殖システム」

「ぶながやの舞台は？」

「進行しているよ。今は第一幕の後半だ。しかし、永遠に未完であり続けるかもしれない」

「ぼくらが決断することで、物語は終末を迎えるのだろうか」

「物語を作らないことが、この舞台の最大のテーマなのだ」

「物語はなくても、終末に至るまでの筋はあるべきだね。例えば、生と死の踏み絵、ぶながやの誕生、あるいは人間を捨てた男の成長譚。少なくとも一貫するもの、貫流のようにざわめくものがあるかどうかを問うべきだね」

「ポリフォニックな文明批評や文化論に堕していないか。散漫になっていないか、と自戒すべきだね」

「ところで、文化とは何をさすのだろう。言語？　それとも感情？　それとも気配？　ぼくたちは、ここまで何も問うてこなかったのかい？　最初に戻ろうよ。堂々巡りを停止させるためにも、まず時間を問い直そう。例えば十年前、ぼくは、どの家の庭先にも、雀が群れているのをよく見かけたものだ。米粒を撒くと、面白いように競って食べた。子どもたちは、笑顔を浮かべて雀を追いかけた。五年前、雀はもう見えなかった。正月に玄関に吊るされた『しめ縄』のみかんが、あっという間にひよどりに食べられた。ぼくは、ひよどりだけでも生きていて欲しいと思ったから、もう一つみかんを吊るした。しかし、子どもたちは、もう小鳥なんかに関心はなかった。

「それは、昔の話ではないのかい？」

「歴史は繰り返される。それに、強化される。巧妙に、静かに、深く潜航して……。ツトム君もレイコさんも、結局は食べられたのではないのかい？」

「ぶながやは、猜疑心が強いのかな」

「そんなことはないさ。ただ真実に近いだけだよ。真実は、正しい場所から遠い距離にあることが多いからね」

「ひよどりは、隠れる場所がなかったのね。棲み家を追い払われて、やむなく、怯えながら、玄関のみかんを狙(ねら)ったのね」

「雀は、シロガシラに駆逐されたんだ。ひよどりは闘っているよ。ひよどりは人間だ」

「生きるってことは、悲劇だね」

「これが文化なのかしら？　このことにも、私たちは慣れたのかしら？」

「朝、ぼくは幾つかの責任のために目覚める。責任は、まつげの数だけ、ぶら下がっている。目を開いても、責任は容易に離れない」

「レイコさんには、赤ちゃんを生む責任はなかったのよね」

「生んだ責任はあると思うよ。だから目覚めるのよ」

「でも、赤ちゃんを生まなきゃ、いつまでも瞼を閉じていられたかもね」

「目覚めは責任からではないよ。単なる生物学的法則さ。目覚めると朝だった。それだけだよ」

「耐えなきゃね。朝に耐えなきゃ。忍耐こそ一日の始まりだわ」

「悲観的だね。人生はバラ色であるべきよ」

「イバラ色と言い間違えたのではないの？　それとも、アクセントの問題かしら」

「茶化さないでね。本質的な問題なのよ。責任を持つことって、生きがいにつながるわ」

「生きがいとイキガルは、友達かしら。類義語辞典を引かなくちゃね」

「生きがいは辞典にはないよ。あなたの中にこそあるんだわ。あるいは、関係性の中でこそ芽生えてくる感動だわ」

「アラララ、私の提言を真面目に考えちゃったのね。感動的瞬間」

「やっぱり会いたいと思う人は、この世に一人はいるわね。それは、あらゆる条件をノーマルにするピュアな衝動ね」

「夢は、一つずつ、ピュアな衝動に食い潰されていく。切ないね。老いたということかな」

「デカダンな思想ね」

「生き続けるために、一つだけでもいい、腹の底から笑えるようなエピソードを持っておくこと。ポケットから取り出す度に、それは太っていくの。私のタマゴッチ。それだけで、人生は生きるに値するわ」

「掌で、笑いを育てよう。自由と責任と忍耐で……」

「なんだか、涙が出てきたわ」

「風だよ、風……。不思議な風ね。風は、衝動を作っていくのかしら」

「風は、山を動かし、村を巡り、街を駆け抜け、海上を走る。そして光を浴びて、やがて天蛇になる……」

9　問い続ける存在

「自殺する者だけが死ぬ。その他は、永遠の生命だ」

「それは逆だ。自殺する者だけが永遠だ。その他の生命は、瞬時の存在にすぎない」

「それは、どちらも正しくない。問い続ける者だけが永遠だ、と言うべきだろう。たとえば、私は、だれだろう。日本は平和な国か、沖縄に戦後はあるか、と問い続ける者は、その問いと共に生き続ける。問いこそが存在の証明だ。答えは、瞬時の価値に過ぎない。優れた問いを残すことこそ意義のあることなのだ。私は生きているのだろうか。この普遍的な問いに関わるからこそ我々は存在する価値があるのだ。もっと具体的に語れば、この問いを有し、真摯に苦悶する者だけが、存在の普遍性を獲得している」

「人間は問い続けることをやめた。だから生きる屍と同じだ。生き続けることは、存在の価値とは関係ない」

「アイエナー、少し気負いすぎじゃないね？　私も生きているのよ。ぶながやに年輪はないけれどね」

「問い続けることは、辛くて悲しいことだ。この辛くて悲しい行為を引き受けることで喜びも倍増するというのに、人間たちは、怠慢になった」

「何人かは、その行為を引き受けているよ。ツトムくんとレイコさんもその一人だよ。あの男もそうだ。人間は、ぼくらの仲間だよ」

「ぼくらと呼んで問題を拡散するな！　主語は、ぼくだ！」

「アイエナー、そんなに殺気立たないでよ。違いを排除する思想の暴力。いよいよ生きづらくなったね、この世の中は」

「それでは、問いかけてみよう。ぼくは、家族の存在を知ったとき、自分に問い続ける行為をやめた。しかし、ぼくは生き続ける例外だとは思わない」

「当然だよ。生き続ける意志に、例外はありえない」

「鯨はね……。鯨は、自殺するらしいよ」

「それでも生きるのよ」

「蝉はね……。蝉は、なんのために鳴いていると思う？」

「その答えの虚しさを知るために、地上で七日間生きている」

「人間は、何日あれば、自らが生きる答えを見つけることができるのかしら。すでに西暦二〇〇三年」

「ぶながやだって、いまだ引き裂かれている。それでいいんだよ。人間は、性急に答えを求め過ぎる。答えのない問いこそ優れた問いなのに」

「きっと単純なことなのよ。生きるということは……」

犬が通った。ムックと名付けられた犬だ。ムックは、ムック以外の名前に振り向かない。犬と呼んでも振り向かない。永遠にムックだ。

風が、またもや止まった。一匹の蝶が、花に止まる。白い小さな花だ。何の花だろうか。鳩が、庭に降りてきて餌を探す。

「私は、涙が流れるような物語を作りたい」

「アイエナー……」

「私は、人間の男を愛したい」

「アギジャベ、ぼくたちは、何度も人間の男たちも女たちも愛してきたはずだ。寝室で金縛りにしてきたはずだよ」

「金縛りにして抑えつけることは、愛することではないわ。恐怖を与えただけだわ」

「ぶながやの種子（サネ）も与えたよ……」

ツトムが突然、ゆっくりと話し出した。ブナガヤたちは、一斉にツトムを振り向く。

「ぼくは、母さんの物語を書きたいなあ。母さんは、ぼくと他人とを、見分けることができなかった。母さんは、痴呆病院に入院している。母さんは、昼食時間に隣の男の人の牛乳を飲んで殴られた。母さんは、顔面いっぱいに青痣ができた。椅子から転げ落ちて、腕も折った。母さんには、痛みだけが残っている。母さんには、殴られた理由が分からない。殴られたことさえ忘れている。それでもぼくは、母さんと一緒に住むことができない。あの日、ぼくは母さんの手を握った。母さんの手は骨と皮だけになっていた。それでも母さんの手は温かかった……」

「ぶながやも、母親から生まれるのよね。感性も論理も、思想も生活も、痛みも喜びも、そして何よりも大きな悔いも……。ぶながやにとっても、母親はあらゆるものを生み出す根源だわ」

「冷静になろう。一日は、終わるのだ」

「始まりと終わりを作ること。これが、痛みを和らげる一つの方法なのだ……」

風が、よどんでいる。暗い観客席には、だれが座っているのか分からない。あるいは、ここは劇場ではないかもしれない。草の匂いもすれば、小川のせせらぎの音も聞こえてくる。ホルマリンの匂いもする。重油の匂いもする。あるいは樹の中なのかもしれない。樹液の匂いもあふれている。葉擦れの音が聞こえる。年輪のはざま? それにしても、周りは異常に明るい。ぶながやたちは、ざわめいている。白い衣服を着た人間たちが視界を遮る……。

第二章

1　記憶と記録

樹の枝が、風に揺れている。枝の先々に付いた葉が、風に揺れている。虫はいない。揺れるために葉を持っているのか。葉を持っているがゆえに揺れるのか。葉の大きさは、生きることと関係があるのか。幾通りもの風が、樹の葉に当たり、樹の枝を揺らしている……。

「樹の葉が緑であることは、意味のあることだよね」

「当然だよ。葉脈にも、一本の樹の意志が込められている。しかし、心理学者は言うだろう。哲学者も言うだろう。樹は何も言わないと」

蝶が、風のように飛んでいく。季節は夏。小鳥が、樹々の梢で、ぎぎぎ、ぎぎぎ、と鳴く。大型のダンプカーが、どどど、どっと、どっと、どどど、とエンジン音を響かせながら路上に停止している。いつまでも動かない。正確には、停まってから十三分が経過した。

「ぼくらにとって大切なことは、目に見える光景を、しっかりと記憶することだ。宮古島、世(せ)渡(と)橋、池間大橋、池間島、大神島、西平安名崎。石垣島、与那国島……。自衛隊基地の建設、何かを見落としては、対岸に渡れないような気がする」

「私の記憶は、この世界のすべての記録よりも大きな意味があるということだよね。もちろん私にだけでなく、人類にとっても意味があると考えていいのよね。私たちの記憶だからといって、国家の記録よりも下位の価値にあるということはないよね」

「もちろん、そのとおりだ。ぶながやの存在は、記憶を伝承するためにあるのだ。それを、生きる価値と呼んでもいい。母親から我が子へ伝えられる情報も、すべて記憶の範疇に入る。だが、二十世紀の人間の悲劇は、記憶を伝承するための正確な肉体構造を持てなかったことだ。時代の進歩とアンバランスになったのだ」

「私に言わすれば、大衆の記憶よりも一部の人々の記録に意味を持たせたがゆえの悲劇だわ」

「その比較で言えば、ぼくたちぶながやは、完全に人間より優れている。ぼくたちは、記憶の伝承者であり、記憶そのものでもあるからだ。記録は、ぼくたちの側にはない」

「記憶こそが、ぶながやを不幸にしてきたと、正直に言うべきじゃないかしら」

「逆だよ。記憶こそが、ぶながやを幸せにしてきたのだ。人間たちは伝承者になろうとしない。記録を絶対視する」

「ベートーヴェンの『ピアノとヴァイオリンとチェロのための三重奏曲ハ長調作品56』は、ダヴィット・オイストラフのヴァイオリンと、ムスティスラフ・ロストロポーヴィッチのチェロと、スヴィアトスラフ・リヒテルのピアノで、ヘルベルト・フォン・カラヤンの指揮するベルリン・フィル・ハーモニー管弦楽団によって演奏される。このことを記憶することは、大切なことかしら」

「人間は、記憶せずに整理する」

「人間は、記憶せずに隠蔽する」

「人間は、進歩という言葉で、驚くほど多くの欺瞞を造り上げる」

「雪が降るという言葉も、欺瞞だろうか。ぶながやという存在も、欺瞞かしら」

「ぶながやは、幻影として存在している。幻影は欺瞞ではない。しかし、時間、場所、性別、年齢、思想、性格、どれも、ぶながやの存在の決定的な要因ではない」

「区別することが欺瞞なんだよね。しかし、欺瞞からも、多くのものが生まれるよ。このことが問題なのかしら」

「扇風機は、欺瞞か」

「風と区別した時に欺瞞になる」

「えけ！　ぶながやは、風だよ」

一瞬、凍りついたような時間が過ぎる。それから、たくさんのぶながやたちが、身を翻して波のように揺れる。ぶながやたちの姿が天蓋のように空を蔽う。やがて、人間の頭上に大粒の雨が降り注ぐ。

2　時間と空間と

遠くで、犬の鳴き声がする。遠くでないかもしれない。ムックでないかもしれない。鳴き声さえ自然だ。一つの風景である。

「アイエナー、やっぱり、ぼくたちの周りには、数えられるものよりも数えられないものの方が多いんだね。見えるものよりも、見えないものに価値を見いださねば寂し過ぎるね」

「どうしたんだい？　急に……」

「ぼくが訪ねたあの男の部屋の風景だよ。あの男の部屋には、鉛筆がある。ノートがある。子どもが作った粘土細工の鬼の顔の壁掛けがある。それから、時計、電話、使われなくなった蛍光燈スタンド、国語辞典、ジャイアンツのカレンダー、テレビ、本、ステレオ、机、扇風機、ソファー、塵箱、家族の写真、人形、飾り棚の中のコーヒーカップ、冷蔵庫、スリッパ、ティッシュ、カバン、カレンダー、新聞、トランプ、計算機、マジック、消しゴム、電話帳、ハサミ、カッターナイフ、オロナイン、古くなった野菜の種、鍵、セロハンテープ、ミスノン、扇、泡盛、パソコン、押しピン、帽子。部屋の中にあるもので、数えられるものはこれだけだ」

「風景は、孤独だね」

「文化が孤独なんだよ」

「ああ、世界を計る針が欲しい。秒針、分針、時針、そして、もう一つ、たとえば一億光年を計る針。加速する魂と、失速する魂とを計る針は、どこにあるのかしら。宙ぶらりんの魂が、五月の鯉のぼりのように浮かんでいる。血を滴らせながら……」

「えけ！　あれが現実だ」

「アイエナー、あれは、ぼくたちではないよ。人間たちが作った擬態だ。赤い色、青い色、黒い色、桃色、黄色……。あれは、ぼくたちのように空を飛べない。空で、はためいているだけさ」

「空を飛ぶには、少なくとも内部を空洞化することではないね。むしろ、内部を豊かにすることによって、離陸することが可能になる」

「私に言わすれば、もっと正確な表現が必要だわ。あれは、鱗を光らせることを忘れている。鱗こそが芸術なのに。正確な表現こそ真実に近いのよ」

「目を閉じない姿は、正確な描写だよ。あるいは、閉じない目は、永遠を測る尺度になるかもしれない。ぼくたちの前で積み重ねられていく時間は、閉じない目によって測られる」

「違うよ。削られていく時間というべきだよ。人間の成長は時間と共にあるが、死もまた時間と共にある」

「愛もまた、時間と共にあるのかしら？」

「アイエナー、愛は、あなたと共にあるのだよ。愛は、たぶん永遠だ。人間たちは、愛を語るのに怠惰なだけだよ。時間についてもね」

「私は、レイコの夢が理解できるわ。自転車に乗って通学することも、レイコの夢の一つだったわ。ベルを鳴らしながら、頬に浴びる風。サドルに伝わる地球からの感触。地球は弾んでいる。確かな生命。確かな時間。レイコは、それを奪われたのよ」

「レイコは、まだ中学生だったのよ」

「人間を信じた者の悲劇だな。それにしても、誘拐殺人はひどすぎるよ。犯人は、季節労働者だったことも……」

「問題をすり替えないでおこうね。レイコは一人だよ」

「問題を解決するには、構造を変えなけりゃ。人間は、その後だ」

「政治が先ということなの？　それだと、困難だね」

「でも、言葉が先だと、真実が見えなくなるよ」

「八方塞がりだね」

「純粋は、悲し過ぎるね」

「人間は、自らの存在を有限の時間の中に拘束し過ぎるのではないか。与えられた時間は有限でも、存在は永遠だよ。ランボーは、今でもぼくらの中に存在する。有限の時間で、永遠の存在を獲得することほど有意義な人生はないと思うよ」

「それだけに、時間を奪われる者は、可哀相だね。レイコの夢と肉体と時間とは、もう二度と戻らないのかしら」

「時間は後退していくよ。風と共に後退していく時間もあるような気がするなあ」

「ツトムとレイコの間にも時間が経過しているのかしら？」

「二人の魂には見えない時間が刺さっている。私たちの掌にも無数の針が刺さっている。握っていても征服できない時間がある」

「アリアリアリ、どんなに辛い時でも太陽を見ることを忘れてはいけないよ。太陽は、ぼくたちに感謝することを教えてくれるからな」

「星は、夢をもつことの素晴らしさを教えてくれるわ」

「月は、ロマンと死と時間を教えてくれる」

「俺たちの夢を遮（さえぎ）るものを見極めることが大切なんだな。そのためには、怒りを失わないことだね」

「月も星も刺激的だけど、最も近い人間との関係の中で、真実は発見されるんだ。真実は、具体的な生活空間でこそ試されるのだ。たとえば、あの男を見よ。男には、二人の娘がいる。下の娘はソファーで寝ている。上の娘は、日がとっぷりと暮れても帰ってこない。妻は、台所で包丁を握っている。男は自室に篭もり、自分の脚を折り畳んで四本の脚のついた回転椅子に座っている。男は朝の七時からまだ一言も発していない。壁に掛けられた時計の針が回転する。沈黙療法は続行中。男の日常は、地球から少しずつズレていく。少しずつ……」

3　越境する意志

「境界を越えることは、真実を見ることだ。境界を越えることは、人間を見ることだ。境界を越えることは、融合することだ」

「いずれもナンセンス！　境界を越えることは正義を作ることだよ。欺瞞の正義をね」

「レイコとツトムは境界を越えたの？」

「いまださ迷える魂だ」

「沖縄の米軍基地のフェンスは、何を仕切ってきたのだろうか」

「沖縄の米軍基地と言うべきではないわ。日本の米軍基地というべきだわ。もしくは世界のあらゆる場所に存在するフェンスは何を仕切ってきたのか、と問うべきよ」

「アギジャベ、べきは禁句だよ。思考を硬直させる」

「えけ、えけ、えけ！　見よ、仲間の二人のぶながやが、自らの存在に耐え切れずに消滅した」

「もう一度、ぼくたちはこの舞台の目的を考えよう。この舞台は、演出家が仕掛けたサバイバルゲームなんだ。踏み絵なんだよ。慎重に生きよう。生きることは考えることなんだ。あるいは、生きることは、表現することかもしれない」

「短絡的な思考だわ」

「しかし、現実を直視することは大切だ。伝統を破壊することが、この舞台の意義でもあるのだから」

「混沌とした論議。だれも整序できない時間と空間。ピュアな精神の発露。結論に至るまでの遠い遠い道のり。あるいは、結論のない問いの発見」

「でも、私たちの思考の中心は人間を見ることだわ。それがサバイバルゲームの条件よ」

「もう一度、中心から考えよう。境界が仕切るものはなんだろう」

「豊かな文化と貧しい文化」

「ストップ。何度も言うけれど文化に貧しさはないと思うわ」

「言い直そう。支配者と非支配者。秘密と略奪。言葉と思考。皮膚と水。男と女。大きさと深さ。持てる者と持たない者」

「問いを戻そう。なぜ、フエンスなんだ？　少なくともフエンスに接触するエリアは、危険はあるが経済的には潤う場所でもあるはずだ。権力者は、混沌を恐れたのかな？　沖縄は、日本かい？」

「フェンスの中は、ＵＳＡ」

「答えはいつもはぐらかされる」

「私の心にも、境界があって、それは、それは無数の境界なの。辰雄が好きな私もいれば、幸男が好きな私もいる。私は、それぞれの男を愛することができるわ。ツトムを愛することだって、きっとできるかもね」

「茶化すなよ。境界は無数にはないよ。絶対無二だよ」

「その考え方は、権力的だわ。神は死んだのよ」

「神が死んだ代わりに、無数の権力が生まれたはずだ。権力は死なない。権力は揺れない。権力はぶれない。人間たちが生きている限り、人間の数だけ権力は存在する」

「私は、権力を愛していないけれども、境界は愛しているわ。自分を越えたい。そのためにこそ自分の内部に境界線を引くのよ」

「ボーダレスな性があるように、ボーダレスな小説があってもよいよ。事実とフィクション。詩と哲学。戯曲と小説。モノローグとダイアローグ。展開と結末。地の文と会話文。主人公のいない物語。風と人間。例えば人間とぶながや……」

4　闇の中の闇

「ぼくは、戦争を見た」

「夢を見たんじゃないの」

「ぼくたちは。戦争を見続けてきた、と言った方が正しくないか。もっと正確には、ぼくたちはあらゆる戦争を見続けてきた、と言った方がいいだろう。戦争の中では、人間は燃え上がる森になる。あるいは、永遠の石になる」

「戦争は橋を破壊する」

「平和な日常の中でも、人間は橋を忘れるわ。そして」

「一本の樹になる夢を見る」

「人間は、燃え上がる存在であることをもっと自覚すべきだね」

「枯れた木ほどよく燃えるよ」

「ぼくは、人間は、存在することに耐える訓練をもっとすべきだと思うよ」

「俺は、人間は、あらゆる存在の中で最も美しい存在であることを、もっと自覚すべきだと思う。人間は命あるものの中で最も美しい」

「美しい精神とは言わないのね」

「精神は堕落している。すべてではないが、多くの人間がゲジゲジだ。だれもが、やがて過去を振り返ることができなくなるだろう。特に少年たちは、かつて最も美しい存在として語りあってきた日々を喪失している」

「少年時代が最も美しい存在だなんてまやかしだよ。いつの時代にも、少年たちは傲慢で、無作法で、見栄と衝動を有した破廉恥な新人種なんだ」

「違うよ。少年の日々は、不安と、憧れと、忍耐に苛まれる日々なんだ」

「シュミレーションなしで血を流すことが可能な時代さ。純粋さを、ナイフで切り刻んで誇りにしている。他者の目だけが、内部で増殖している。つまり、言葉でなく映像の時代なんだ。言葉は、少年たちの前では、既に死んでいる。少年たちは、言葉で伝達しない。正確には、少年たちは言葉を習得しようとしない。感嘆詞を忘れている。悲劇の序章だよ。闇は、深い」

扇風機がゆっくりと首を振って風を送っている。コンピュータは、ウーという音、ジーッという音、ザーっという音、ズーッという音、そのどちらでもなく、そのどちらでもある全部の音を出して機能している。午後九時五〇分、読売ジャイアンツは、中日ドラゴンズに逆転負けを喫した。全国のジャイアンツファンが、一斉にラジオのスイッチを切る。

「アリアリ、罵り合う声が聞こえてくるよ。どこからだろうか？」

「あれは、歌声だよ。歌声は、時には悲鳴にも聞こえるよ。声たちは、発せられる度に人間の歴史に蓄積されるのだ」

「喉の弁は、怒りを調節するためにあるのだろうか」

「人間はタバコを吸う。なぜだろう？　歌声が、時には悲鳴にも聞こえる。なぜだろう？　根本的なことは、問われているのだろうか。答えは、開かれているだろうか」

「人間にとっても、ぶながやにとっても、生き続けることは、永遠の謎だ。ガンダーラ美術に見られる断食僧の肉体は、あらゆる意志の極致だ。もちろん、あらゆるものの中には老いの視線も含まれる。しかし、なぜだろう？　なぜ、祈るのだろう……」

「泣いているのか？」

「泣いているのではない。耐えているのだ。ぶながやは、ずーっと耐えてきた。ツトムとレイコも耐えてきたのだ」

「あの男を見よ。あの男も耐えている。あの男は実験を開始した。右半身だけを、三時間、冷気に当て続け、同時に左半身だけを三時間、光だけに当て続けている。あの男の姿に、人間の原初の姿がある……」

「実験は、だれだって行っているよ。日々が、これ生きるための実験さ」

「違うよ」

「違う？　何が違うんだ？」

「世界の物語は作れない」

「世界の物語は、たいして重要なことではない。最も重要なことは、自分の物語だよ。自分こそが理解の届かない他者なんだ。自分の闇を見つけるための自分の物語だよ。闇があるからこそ光がある。闇があるからこそぶながやは存在する」

「えけ！」

「ぶながやは光ではない。ぶながやは、ぶながやだ。闇の子どもではないよ」

「えけ、えけ、えけ！」

言葉が、急激な嵐と共に吹き荒れる。あるいは、言葉が撹拌し、物語が立ち上がる。ぶながやたちは、己の存在がフィクションであることによって、人間の世界をゼロにすることができるのではないかと、考え始めている……。

5　名前を剥ぐ

「もし、一つの真実が存在するとして、鮮明なコピーは真実だろうか。真実はコピーし得るか。真実は無数に存在し得るか。もし私という人間が存在するとして、もう一人の私がクローン人間としてこの世に存在するとすれば、私はどちらの私を、私と呼ぶべきだろうか。語る主体の問題か。それとも、私は関係性の中でしか存在しないのだろうか……」

「もう少し、問題の入り口を狭くしようよ。後世に甦るクローン人間としての私と今の私は、どちらが真実の私なのか」

「ぼくは、時代の関係性で、物語を語らない。関係性は普遍性を妨害する危険な要素だ。有益な条件ではない」

「アイエナー、家族は関係性の中でしか語れないよ。普遍性を自覚して語り始めるからこそ重要なテーマになるのだよ」

「家族を関係性の中でしか語れなくしたのが、今日の時代の不幸なのだ。世紀末の今日、大英帝国の代理母たちは、すでに七日間に一人の割合で、子どもを生み続けている。代理母の報酬は一人の子どもにつき約二五〇万円。日本の女性が、冷凍精子の提供を受けて未婚のままで出産した例も、すでに少なくはない」

「ぼくの父親は、だれだ？」

「同じように、あなたの母親はだれだ、という問いも、すぐに有効になるだろう。あなたは服を脱ぐように自分自身を脱げるかい？」

「ぼくは、最初から服なんか着ていないよ」

「俺は怪人二十面相。ときには、二百面相にもなる。俺を愛している女たちよ。お前たちの見ている俺は､俺のほんの一部にしか過ぎない。俺の局部を見るな。全体を見よ。世界も同じだ。世界の全体を見よ。物語は既に作られている」

「アイエナー、局部の集積したものが、全体ではないか」

「違うね。局部の構造と全体の構造は、まったく相異なるものだよ」

「男と女は、局部は違うが、全体は同じだ」

「たとえが下品だわ。それでは思考が硬直するわよ」

「アリアリ、物事を対比的に思考すべきではないよ。男であっても、女であっても、人間であることにかわりはないのだから。それに、二つの性は、すでに対極にあるのではなく、つながれた一本の線上に存在することが証明されているわ」

「ぶながやは、性を超越しているよ」

「両性を有しているというべきだな」

「それではナメクジではないか」

「ナメクジを馬鹿にすべきでないわ」

「人間、ぶながや、ナメクジ、と、名前を冠することに問題があるのかもしれない。名前を付けることは差別ではないか。皆がナメクジであってもいいでのはないか」

「差別ではない。区別だよ。今の発想は非常に危険だ。区別は、思考のプロセスにおいて必要な条件だよ」

「区別することは、権力につながるわ」

「区別することは、科学だよ」

「私は、私を他人から区別したくないわ。もちろん、差別もしたくないわ」

「それでは、あなたは、他人からあなたのことを、どう呼ばれたいの？」

「私は、どのように呼ばれても構わないわ。ナメクジと呼ばれてもいっこうに構わない。どう呼ばれたいかは、人間の世界の問題よ。ここはぶながやの世界よ。ぶながやたちに名前はないわ。混同しないでね」

「本当に必要なものを見分けることも、大切な知恵ね」

「大切な文化だよ」

「私が私であることは、世界にとって重要かしら。かつ必要なことかしら」

「寂しい結論に到達しそうな予感がするわ。たぶん、あなたがあなたであることは、あなたにとって必要なことなんだわ」

「世界は、私たちを制圧するつもりなの？」

「私たちが世界を制圧するのよ。世界を、いつでもポケットに入れることができたら最高だわ」

「世界を甘く見てはいけないよ。世界は私たちの世界と同じように、いまだに多くは見えないのよ。隠れているのよ。私たちは世界に対して、一つ一つ名前を剥がすことから始めなければならないわ。そうしなければ世界は逃げていくわ。必要があれば、もう一度自分で名付けることね。周りにあるすべてのものの名前を考えるんだわ」

「名付けることは、よく見ることとなんだよね。よく見ることは、よく知ることにつながるわ。考えるだけでもワクワクする行為よ」

「人生は、楽しいんだね」

「そうとも。生き続けることは楽しいことさ。もっと楽しいことは、愛するものの優れた他者になることだよ」

「どういうことだい？」

「他者と世界とを同時に有する私、ということさ。そういう他者に私はなりたい。他者との優しい接点でもあり、外界との厳しい接点でもある。換言すれば、優れた他者を発見することが豊かな人生を生み出すのだ」

「読書をすることは、優れた他者になることかしら」

「少なくとも、自己の変容に関わる行為だろうね」

「変わり続けることは、恥じることではないんだね」

「そうさ。柔軟になることさ。鉄のような意志は、時にはその堅さゆえに折れることがあるものさ」

「趣味も、優れた他者かい？」

「そうだよ。時にはプロ野球だって、優れた他者に成り得るさ」

「私だって、あなたに厳しい現実を思い知らせることができるわけね」

「その前に、優れた愛人でなければならないかも」

「それは、お断りね。私はあなたにはなれないわ」

「私があなたになることは、優れた他者になることではない。誤解を招いたようだが優れた他者とは未知の自分になることだ。あなたは絶好の機会を個人的な嗜好で逃している。世界を失っている」

「オーバーな表現ね。私も口真似させて言わせてもらえば、個人的な嗜好も私の確かな世界よ。でも、心配しないでね。私はあなたの愛人にはなれなくても、あなたを愛することはできるわ」

大きな笑い声が辺りに響き渡る。ぶながやたちが、宙を駆け巡りながら笑っている。樹々が身体を揺すって笑っている。風が爽やかに笑っている。観客が、笑いに耐えられずに笑い出した。レイコも笑っている。ポップコーンが弾けるように、観客たちが弾けている。樹の枝で、シロガシラが、窓を叩くように鳴く。遠くからは、蝉の声。鶏の声も聞こえる。切り裂くような声で、鷹が鳴いた。自然の声が、いろいろな場所から聞こえてくる。

6　ラブレター

あの男が、涙をふきながらベッドの上で、最後の力を振り絞って遺書を書いている。もう永くはない。死を迎えるとき、人間はピュアな精神を取り戻すというが、そうではない。それは稀なのだ。多くの人間たちは、死の瞬間までたくさんの言葉を吐き続ける。そして、最も気に入った一語に万感の思いを託し、唇に張り付けて昇天する。たとえば、えけ！

※

父さんが、ぼくを呼んでいる。愛する妻、由紀子よ。もう駄目だ。身体が燃えるように熱い。先に死んじゃうよ。いろいろと世話になった。有難う。あとは、よろしく頼むよ……。

ぼくは、お前と結婚していなかったら、やっぱり駄目な人間になっていただろう。お前には、何度も辛い思いをさせてしまった。その辛さは、同じぐらい、ぼくにも辛いことだったんだ。それを乗り越えることができたのは、お前のおかげだ。今でも感謝している。二人の危機の瀬戸際での判断は、いつでも、お前が正しかった。だから、ここまで来れたんだ。そうでなければ、ぼくたちは確実に二度は別れていた。そして、ぼくは橋下で暮らしていただろう。ぼく自身の無知と滑稽さに耐えられなくてね。

　ぼくは、いつでも弱かった。実際には、お前のためだと思って判断したことが、裏目に出ることも多かった。でも、なんとか修復できる範囲で留められたのは、お前のおかげさ。ぼくは、若いころは自分を愛することに夢中になったが、年を取ると、お前を愛することに夢中になった。本当だよ。

　入院してから、もう一年余が過ぎた。病は、確実に進行している。ぼくには、分かるんだ。身体の中が熱いんだよ。点滴の後には、身体がすーっと冷えていく。分かるんだ。ぼくの身体に悪い病気が巣くったことが。背中には、床ずれの痒みと痛みが感じられるようになった。どちらかが、死の床に伏すようになったら、本当のことを言おうねって約束したのに、お前は何も言ってくれない。遠慮しないでいいんだ。たぶん、ぼくは耐えられると思うよ。

　身体がだるい。呼吸も、だんだん苦しくなる。何よりも、気力が萎えてしまった。身体を起こすことが億劫なんだ。目覚めることが嫌になる。もう、休みたいんだ。ぼくの身体の全部がそう言っている。だから、その前に、この遺書を書いておきたい。死んだ父さんや母さん、兄さんや姉さんたちも、ぼくを呼んでいる。ぼくは順序よく、死を迎えることができる。ぼくは幸せなんだ。今度はぼくの番なんだ。

　ぼくを襲った最も強い衝撃は、父さんの死だった。父さんの死は、ぼくから、思想も、こだわりも、過去も、ぼく自身をも奪っていった。しかし、最も大切なことを教えてくれた。それは、だれもが死ぬという事実さ。そして、人間はそんな必敗の闘いの中でも一所懸命に生きているという事実だ。その時から、ぼくは人間の生命がいとおしくなった。お前を愛することができるようになったんだよ……。

ぼくのベッドの上から、お前の寝顔が見える。ぼくの愛した女。はちきれんばかりに眩しかった二十歳のころのお前。テニスが大好きな女子学生。あれから、もう五〇年余。有り難う。ぼくの父さんが入院生活をしていた時も、お前は、ぼくに代わってよく父さんを看病してくれたね。そして、今度はぼくを……。お前は、サマーベッドを病室に持ち込んで傍らに寝てくれるが、もういつ帰ってもいいんだよ。本当に有り難う。幼いころ、父親を亡くしたというお前の寂しさに、ぼくはどのような気遣いができたのだろうか。もっと何かができたのではないかと、今は悔やんでいる……。

あの世で、もう一度結婚することができるのなら、ぼくは、やはり、お前を探すよ。そんなの、いやかい？　でも、最初で最後の、ラブレターなんだから、このぐらいのことは書いてもいいよね。

もう、だいぶ前のことなんだが、「この幸せがいつまでも続きますように」って、お前がさりげなく言った時、ぼくは、どきっとした。そして、とても嬉しかった。ぼくは許されていたんだ。そして、以前にも増してお前に対する大きな愛情が沸いてきた。この言葉が、ぼくを支えてくれたのかもしれないね。共に生きてくれたぼくの妻、由紀子よ、有り難う。そして、さようなら……。

7 神話

「そろそろ、ぼくたちの神話を話さなきゃ」

「どの神話だい？」

「どの神話を話しても、人間たちには理解不可能だよ」

「ふうーん、そうかな。そうとばかりは言えないんじゃないかな。例えば死者は必ず甦るってのはどうだい？」

「理解不可能」

「殺した者は必ず殺される、っていうキルランドの話はどうだろうか」

「生きている者は必ず死ぬ、というセルフランドの話がいいよ」

「我慢の国、ウチナワの話はどうだ？」

「深刻過ぎるよ」

「深刻であればあるほど、神話は成立するのだ」

「それでも、国民全体の神話にはならない」

「愛する者は必ず愛されるゴクミノクニの神話がいいな」

「どちらも、受けがイマイチだね。戦争は繰り返されることを数式で証明したミライノクニの話がいいよ。A＝B＝C＝B＝A。ガマン博士の画期的な発見だ。ボンズのホームランより、価値がある」

「やっぱり、価値で選ぶのかい？」

「そうではない。つい、興奮して口が滑ってしまったのだ。なにしろ、七十二本のホームランだからね。神話は生きている人間が作るのだ。決してぶながやが作るのではない。現実が、未来の神話になるのだ」

「アイエナー、飛躍的なお話だこと。鼠のたわごと。ぶながやの屁糞」

「そうだ！　生きている者が、よなよな死者を鞭打つオバステの話はどうだい？」

「ビビビーッ。これも真実に近過ぎるよ」

「どれもこれも真実の影響が大き過ぎる。もっと幼稚なものを選ばなきゃ。人間のレベルに合わせなけりゃ」

「真実と虚偽の区別は、難しいわ」

「あり得ないこととあり得ることとの区別は、もっと難しいよ」

「そうだ、リュウキュウカイビャクの話はどうだろう」

「カイビャク？」

「国を開く話だよ。天地創造、神々の出現。人間とぶながやの先祖の物語」

「なーんだ。つまらない。いつまでも規範を破れないのね」

「比喩されたものを探すことは楽しい行為さ。それに、カイビャクの話は、ゴマンとあるよ」

「よし、決まりだ。過去の話で未来を発見しよう。聖書を読むのと同じぐらいにスリルがあるよ。さあ、話してくれ」

「それでは始めるよ。ゴマンの中の一つの話だ。昔、昔、アママグスクに、アマミキヨという神様が住んでいました。天帝がこれを召して言いました。この下に霊所を造り、リュウキュウと名付けよと」

「ほれ、同じパターンだ」

「黙って最後まで聞けよ」

「アマミキヨは、土石草木を用いてリュウキュウを造りました。千年が経過し、樹々が豊かに茂ったころ、アマミキヨは天に上り、人間の種子（サネ）を乞い願いました。天帝は、三人の兄弟、ハツガネ、タマサラ、ミヤクニ、そして二人の姉妹、オモト、オナリをリュウキュウに遣わしました」

「ぶながやの種子ではないんだね」

「さて、長兄のハツガネは剛の者でしたが、この国は、われの住む所にあらずとて、天帝に矢を放ちました。その科（とが）により龍に変身させられました。以来、ハツガネは天蛇となり、天空をさ迷っています。残ったタマサラとミヤクニの兄弟は、それぞれオモト、オナリの姉妹を妻に娶りました。二組の夫婦は、一所懸命働き、次々と子孫を増やしました。ところが、数十年が経過すると、それぞれの一族が互いに覇権を争うようになりました。そんな中、兄のタマサラが、北の国からやって来た大鬼にさらわれてしまいました。妻のオモトは、海を見てタマサラの帰りを待ちわびて、何年も何年も嘆き悲しみました。オモトの流す涙が、海の色や空の色を青く染めたと言われています。ミヤクニとオナリの夫婦にも不幸が訪れました。オナリが、雨の日に、南の国からやって来た白い馬に乗った男に連れ去られ、行方が分からなくなってしまったのです。ミヤクニは、山に上り、獅子のように吠えてオナリの名前を呼び続けました。その悲しみの声が、白い雲を作ったとも言われています。やがて天帝は、嘆き悲しむオモトとミヤクニの二人を天に呼び寄せ、互いの一族の争いを止めるように諭し、さらに国造りに励むようにと言いました。それから、二人を和解させるための贈り物を差し出しました。一つは文字の入った箱、一つは夢の入った箱でした。オモトは文字を、ミヤクニは夢の入った箱を選びました。それから、両族は仲良く暮らし、万国津梁を標榜し、再び幸せな歳月が流れました。ところが、9のツク年1609年、北の国から、どこか見覚えのある顔をした大軍が、リュウキュウへ攻めてきたのです。リュウキュウは270年後の同じく9のツク年1879年の二度目の襲撃によって滅ぼされ新たなクニが作られました。9のツク年は、まだまだやって来るのです。神話も歴史も繰り返されるのです。不幸こそ侵略者の喜びの種子になるのです……」

8　観客のいない幕が閉じられて

「ゆったりとした時間が流れていく。人間たちの欲した理想の時間だ。しかし、この時間は、今はぶながやの中にしかない。あるいはぶながやを愛する人間の中にしかない。コーヒーを飲み、音楽を聞き、読書をする。そして、何よりも夢見ることができる」

「時間を、すべての人間に戻すべきだわ。返してあげるべきよ」

「えけ！　死を賭けた提言だな」

「ぶながやは、人間を愛しているわ」

「えけ！　人間は、ぶながやなんか愛していないよ」

「無償の愛だってあるわ。見えない者から見える者たちへの誠実さだわ」

「アギジャベ、誠実さは伝わらないよ。お前は世紀が代わって理性を失ったのか？」

「幸せを求めるためにこそ、私たちの舞台はあるのよ。このたった一つの理由のために、私たちは生きてきたのよ。レイコやツトムたちにも見えているはずよ」

「ぼくは、今、気がついたのだが、ぼくたちの父や母たちも、人間の夢を叶えるために生まれてきたのではないだろうか。最も弱い者たちの夢を叶えるために生きてきたに違いない」

「人間は最も弱い存在かい？　最も傲慢な存在ではないのかい？」

「人間は、いつまでもぼくらの存在に気づかないさ。それに他者を拒んでいる。優れた他者こそが人生には必要なのに、己のバリヤーを作っている」

「弱い者たちが、夢を見るのよ。寂しい人々が夢を見るんだわ」

「ぶながやだって夢を見るよ」

「そう、人間の夢を見るわ。きっとぶながやも、かつては人間だったのよ。人間は、皆だれでもが死ぬ。それでも生き続ける意志を持つってことは素晴らしいことだわ。私たちはもっと人間を理解してあげるべきだわ。いとおしむべきだわ」

「アラララ、今度はお涙ちょうだいかい？　ぼくらが理解しても、山は動かないよ。人間が人間を理解しなきゃ」

「儚い夢だね……」

「人間は、己に涙のある理由をもっと考えるべきだよ。互いに哀れむべき存在であるという認識が連帯の拠点なのよ」

「ぼくの父は、骨腫瘍で死亡した。亡くなってからちょうど二〇年になる。肉親の死によって、だれでもが死ぬことを実感した。死は身近にあるんだ。何も特別なものではない」

「私は、シルクロードの地、トルファンの近郊、アスターナの古墓区で、素晴らしい死に触れたわ。壁画に囲まれたドーム型の地下壕で、ミイラになった死体が手を取り合って生き続けているのよ。死後も生き続けることができるのよ」

「死を、愛することができるのかい？」

「死は、生そのものの中にあるのよ。死は生の続きなのよ。自ら死ぬことはないわ」

「私は、私の子どもの世界を知っているわ。私と違う確かな世界なの。波はだれが動かしているの？　って尋ねてくるのよ。寝ている妹の傍らで、小さな洗面器に水を汲んできて、水をかけてもいい？　って、問いかけてくるのよ。早く妹を大きくして一緒に遊びたいって言うのよ。最も身近なわが子に、私は他者を発見したの。私と違う他者だよ。私はこの子たちを愛することができるわ」

心臓の脈打つ音が、聞こえてくる。ドキン、ドキンと、生命が息づいている。夜の思考は、確かに朝に向かって動き出している。始まりは、何度もやって来るのだ。暗い舞台に、微かな灯りが一つともる。あるいは、此岸の世界の灯火か……。

「もう一度、人間に戻りたいわ……」

「俺たちの呼吸は、幻想から成り立っている。幻想によって現実をゼロにすることができるかもしれない。あらゆることを、出発の時点に戻すのだ。フィクションの力は、現実を動かすことができるかもしれない」

「現実よりも現実的なフィクション。現実より最も遠いフィクション、あるいは現実に最も近いフィクション、それがぶながやだ」

「ぼくたちの存在は、人間に信じられることによって成立する。人間は、きっと近くにいる」

「ぼくの掌にぬくもりが伝わってきたよ。だれかが、ぼくを呼んでいる。ぼくはだれなのか、自分を思い出せそうな気がする……」

「私たちは、私たちであることによって真実に近づくのよ。私たちは私たち自身を、諦めずに問い続けるべきなのよ……」

「ぼく自身の中に、他者を絶えず発見するんだね」

「ぼくは、帰るよ」

「どこに?」

「人間の世界に」

「答えは、見つかったのかい？」

「答えは、まだ見つからないけれど、人間の型から考えることが大切なことが分かったよ。そこから、ぶながやを見るんだ」

一瞬のどよめき。風が駆け抜ける。ぶながやたちが遠ざかって行く。風がぶながやの軌跡を描いて波のように揺れる。

「諸君、俺たちの舞台は終了した。しかし、これは序章である。観客のいない幕が閉じられる朝には、人間たちが、たくさんのぶながやの友人になって、一歩を踏み出すことを期待しよう」

「俺たちは、スピリッツ」

「ぼくらは、存在する」

「私たちは問い続ける」

「私たちは、ぶながや……」


（了）

大城貞俊

（おおしろ さだとし）

一九四九年沖縄県大宜味村に生まれる。元琉球大学教育学部教授。詩人、作家。県立高校や県立教育センター、県立学校教育課、昭和薬科大学附属中高等学校勤務を経て二〇〇九年琉球大学教育学部に採用。二〇一四年琉球大学教育学部教授で定年退職。

主な受賞歴

沖縄タイムス芸術選賞文学部門（評論）奨励賞、具志川市文学賞、沖縄市戯曲大賞、九州芸術祭文学賞佳作、文の京文芸賞最優秀賞、山之口貘賞、沖縄タイムス芸術選賞文学部門（小説）大賞、やまなし文学賞佳作、さきがけ文学賞最高賞などがある。

主な出版歴

詩集『夢（ゆめ）・夢夢（ぼうぼう）街道』（編集工房・貘）一九八九年／評論『沖縄戦後詩人論』（編集工房・貘）一九八九年／評論『沖縄戦後詩史』（編集工房・貘）一九八九年／小説『椎の川』（朝日新聞社）一九〇三年／評論『憂鬱なる系譜―「沖縄戦後詩史」増補』（ZO企画）一九九四年／詩集『或いは取るに足りない小さな物語』（なんよう文庫）二〇〇四年／小説『記憶から記憶へ』（文芸社）二〇〇五年／小説『アトムたちの空』（講談社）二〇〇五年／小説『運転代行人』（新風舎）二〇〇六年／小説『G米軍野戦病院跡辺り』（人文書館）二〇〇八年／小説『ウマーク日記』（琉球新報社）二〇一一年／大城貞俊作品集〈上〉『島影』（人文書館）二〇一三年／大城貞俊作品集〈下〉『樹響』（人文書館）二〇一四年／『「沖縄文学」への招待』琉球大学ブックレット（琉球大学）二〇一五年／『奪われた物語―大兼久の戦争犠牲者たち』（沖縄タイムス社）二〇一六年／小説『一九四五年チムグリサ沖縄』（秋田魁新報社）二〇一七年／小説『カミちゃん、起きなさい！生きるんだよ』（インパクト出版会）二〇一八年／小説『六月二十三日アイエナー沖縄』（インパクト出版会）二〇一八年／『椎の川』コールサック小説文庫（コールサック社）二〇一八年／評論『抗いと創造―沖縄文学の内部風景』（コールサック社）二〇一九年／小説『海の太陽』（インパクト出版会）二〇一九年／小説『沖縄の祈り』（インパクト出版会）二〇二〇年／評論集『多様性と再生力―沖縄戦後小説の現在と可能性』二〇二一年（コールサック社）／小説『風の声・土地の記憶』（インパクト出版会）二〇二一年／小説『この村で』（インパクト出版会）二〇二二年／小説『蛍の川』（インパクト出版会）二〇二二年。／小説『父の庭』（インパクト出版会）二〇二三年

ヌチガフウホテル

二〇二三年三月二〇日　第一刷発行

著者……大城貞俊
企画編集……なんよう文庫
発行人……川満昭広
発行……インパクト出版会
装幀……宗利淳一
印刷……モリモト印刷株式会社

〒九〇一－〇四〇五　八重瀬町後原三五七－九
Email:folkswind@yahoo.co.jp

〒一一三－〇〇三三　東京都文京区本郷二－五－一一服部ビル二階
電話〇三－三八一八－七五七六　ファクシミリ〇三－三八一八－八六七六
Email:impact@jca.apc.org
郵便振替〇〇一一〇・九・八三一四八